The Golden Dog – Der Goldhund

von Luisa Hartmann

Langenscheidt

Berlin · München · Wien · Zürich · New York

Lektorat: Marion Schweizer
Englischsprachiges Lektorat: Charlotte Collins
Illustrationen: Anette Kannenberg
Umschlaggestaltung: init.büro für gestaltung, Bielefeld

For Mary, John and Bridget,
my Irish friends from Muckross

www.langenscheidt.de

Umwelthinweis: gedruckt auf chlorfrei gebleichtem Papier

Satz: Franzis print & media GmbH, München
Druck: Mercedes-Druck, Berlin
Bindung: Stein+Lehmann GmbH, Berlin
Printed in Germany

ISBN 978-3-468-20811-9

10010

Inhalt

Pferde sind gar nicht so

"You **have to** hold your hand like this", sagte Ciara und hob ihre flache Hand vor die Nüstern des Pferdes. Britta zog ihre Hand zurück, hielt sie flach und steif wie ein Brett und näherte sie langsam dem Maul. Das Pferd schnaubte leise, als wolle es sagen: "Hab keine Angst", aber Britta fand Pferde nun einmal unheimlich groß und unheimlich gefährlich.
"**Trust** me. **It won't** bite you", ermutigte die Freundin sie.
Britta nahm all ihren Mut zusammen und hielt die Hand dicht vor das Pferdemaul. Warmer Atem strich über ihre Haut. Obwohl ihre Hand zitterte, hielt Britta sie ausgestreckt. Das Pferd schnupperte daran und strich dann zart mit den Nüstern darüber. Britta war überrascht, wie weich sie sich anfühlten. Wie Samt.
"It's so soft", sagte sie zu Ciara.
"Yes, I know." Ciara lachte. "I **told** you it's nice to **touch them**. **Here**, take a carrot." Sie reichte Britta eine Möhre.

(you) have to (du) musst
trust vertraue
it won't es wird nicht
told habe gesagt
touch berühren
them sie
here hier

Britta legte sie auf ihre flache Hand und hielt sie dem Pferd hin. Dieses nahm die Karotte vorsichtig mit den Lippen auf, um sie dann krachend zu zermalmen. Britta zog ihre Hand vorsichtshalber zurück.

"Okay, **that's enough** for your first lesson", beschloss Ciara und gab dem Pferd einen Klaps auf das Hinterteil. Es warf den Kopf in die Höhe, wieherte leise und machte sich davon.

Britta schaute ihm nach. Sie war sicher, dass Ciara es niemals schaffen würde, sie von der Harmlosigkeit dieser riesigen Vierbeiner zu überzeugen.

Von der Schönheit Irlands musste Britta allerdings nicht mehr überzeugt werden. Es war traumhaft. Nach ihrem Abenteuer in Wien mit dem geheimnisvollen Winnie hatte es all ihrer Überredungskunst bedurft, dass ihre Eltern ihr tatsächlich die Reise zu Ciara nach Irland erlaubt hatten. Sie war nach Shannon geflogen und dort von Ciara und ihrer älteren Schwester Eileen abgeholt worden. Doch der Aufenthalt auf der Farm von Ciaras Eltern in Cong hatte nicht lange gedauert, denn dort war das Renovierungsfieber ausgebrochen. Also hatte Eileen Britta und Ciara zu Aunt Emma gefahren, damit die beiden ihre Ferien nicht zwischen schmutzigen Zementbottichen, Farbeimern und Tapetenkleister verbringen mussten.

---

that's enough das reicht

Britta und Ciara standen vor dem Haus, aus dem lautes Gelächter drang. Britta seufzte. Die Pferde waren nicht einmal das größte Problem. Die standen auf der Weide und hielten zumindest den nötigen Abstand. Viel schlimmer war der Trubel, der den ganzen Tag und manchmal sogar nachts im Haus herrschte. Ständig kamen Nachbarn unangemeldet hereingeschneit, die Türen standen ständig offen. Auch jetzt schien schon wieder eine fröhliche Runde zusammenzusitzen. Aber Britta hatte im Moment keine Lust auf so viele Menschen.

"**Do you mind if** I stay in the garden for a **while**?", fragte sie Ciara.

Die Freundin schaute sie überrascht an, schüttelte dann den Kopf und erwiderte: "No, **of course not**." Dann fügte sie hinzu: "I'm sorry. I **hope** it's not too boring for you here."

Britta legte eine Hand auf Ciaras Arm. "**Don't worry**. I love it. The **landscape** is so beautiful. It's **like** a **dream**."

---

do you mind macht es dir was aus
if wenn
while Weile
Of course not. Natürlich nicht.
hope hoffe
Don't worry. Mach dir keine Sorgen.
landscape Landschaft
like wie
dream Traum

Sie zögerte, sagte dann: "It's **just that I'm not used to such** a big family."
Ciaras Gesicht verzog sich zu einem Grinsen. "Oh, **I see**!", rief sie erleichtert. "Yes, you have to be used to such a wild **bunch** of people", sagte sie lachend. Sie beugte sich zu Britta und flüsterte in verschwörerischem Ton: "They're **all quite harmless**."
Britta machte eine skeptische Grimasse und meinte: "Hmm, I don't know. Are you **sure**? I **mean**, sometimes they **act as if they were crazy**."
"**Well**, we *are* crazy", sagte Ciara mit Nachdruck. "But we're **still** harmless."

Britta lachte.

---

just nur
that dass
I'm not used to ... ich bin nicht an ... gewöhnt
such solch
I see. Verstehe.
bunch Haufen
all alle
quite ganz
harmless harmlos
sure sicher
mean meine
act benehmen sich
as if they were als wären sie
crazy verrückt
well nun
still trotzdem

Schließlich sagte Ciara: "Do **whatever** you want to do. **There's no need to pay** any **attention** to us." Als Britta sie fragend ansah, fügte sie erklärend hinzu: "**Nobody will** think you're **naughty** if you act **differently**. You know what I mean?"
Britta nickte. Dankbar umarmte sie die Freundin.
"You're a **real** friend", flüsterte sie ihr ins Ohr. "**I wish** you lived in Munich." Als sie Ciaras Gesicht sah, hob sie abwehrend die Hände und sagte: "Oh, I know. **No** horses **there**."

---

whatever was auch immer
there's no need to du brauchst nicht
pay attention beachten
nobody keiner
will wird
naughty *hier:* unhöflich
differently anders
real echt
I wish ich wünschte
no keine
there dort

Ein Hund verschwindet

Britta saß zwischen Ciara und deren Onkel Ryan und versuchte der Unterhaltung zu folgen. Das war nicht einfach, denn zum einen redeten alle sehr schnell und durcheinander, zum anderen hatte Ciaras Familie einen Akzent, der sich lustig anhörte, aber ziemlich unverständlich war. Schon mehrmals war ihr aufgefallen, dass Ciaras Kusine Sinead selten ein sauberes *th* sprach. Gerade erzählte sie von einem Aufsatz, den sie für die Schule schreiben und auch vorlesen musste. Er sollte zirka dreißig Minuten lang sein. Aber Sinead sagte nicht *thirty*, sondern *tirty*.

Einige Minuten später ging es um die Kosten, die die Renovierung auf der Farm von Ciaras Eltern verursachen würde. Dreiunddreißigtausend Euro oder vielmehr "tirty tree tousand". Britta musste kichern. Es klang wie *tausend schmutzige Bäume*.

Die Küchentür ging auf und eine junge Frau steckte ihren rothaarigen Kopf herein. "Hello, **everybody**", rief sie. "**Sorry to bother you** but I need **some** onions. Emma, can you **lend** me some?"

---

everybody alle
Sorry to bother you. Entschuldigt die Störung.
some ein paar
lend leihen

"**Sure thing**", sagte Ciaras Tante und stand auf. Sie verließ die Küche Richtung Vorratsraum, gefolgt von der jungen Frau.
Wieder einmal wunderte sich Britta über das unkomplizierte Verhältnis der Nachbarn untereinander. In München wäre es undenkbar gewesen, einfach irgendwo reinzuschneien und Zwiebeln zu borgen. Aber in einem Mietshaus standen ja auch nicht einfach die Türen offen.
Die junge Nachbarin rief ein lang gezogenes "Bye" in die Küche und verließ das Haus mit einem Beutel Zwiebeln, während Aunt Emma ihren Platz am Tisch wieder einnahm.
Zehn Minuten später hörten sie schon wieder die Haustür klappen und Aunt Emma flüsterte: "**I wonder** what she wants now."
Aber an Stelle der erwarteten Nachbarin trat ein großer, dünner Mann durch die Tür.
"Sean!", rief Emma. "What a lovely **surprise**! I **didn't expect** to see you again so **soon**." Ciaras Tante war aufgesprungen und umarmte den Mann.
"Hello, Emma", sagte der Mann und erwiderte die

Sure thing. Na klar.
I wonder ich frage mich
surprise Überraschung
didn't expect habe nicht erwartet
soon bald

Umarmung. "I did**n't** expect it **either**. Hello, everybody", wandte er sich an den Rest.
"Sit down." Aunt Emma schob ihn zu ihrem Stuhl und räumte ihren benutzten Teller und das Besteck weg.
"**Thanks**, Emma", sagte Sean. Seine Miene war sehr ernst; er seufzte und sagte: "I'm sorry to **spoil** your party. **I've got** bad **news**."
Alle starrten Sean erwartungsvoll an. Der schluckte

---

not either auch nicht
Thanks. Danke.
spoil verderben
have got habe
news Nachrichten

ein paar Mal und sagte dann mit rauer Stimme: "Golden Racer **has been stolen**."
Plötzlich riefen alle durcheinander: "Oh no!" – "I don't believe it!" – "That's not **possible**!"
Nur Britta saß ahnungslos da und wunderte sich. Sie stupste Ciara an und fragte: "What's Golden Racer?"
"He's one of his **greyhounds**", erklärte Ciara.
Britta kannte den Begriff, konnte jedoch im ersten Moment nichts damit anfangen.
Ciara fügte erklärend hinzu: "It's a dog. Sean **breeds racing dogs**. Greyhounds are the fastest dogs in the world."
"I see", sagte Britta. Sie wollte sich wieder auf die Unterhaltung konzentrieren, um zu verstehen, was genau geschehen war. Doch das Durcheinander und die Aufregung waren zu groß, sie bekam kaum etwas mit. Ihr fiel jedoch auf, dass Sean *he* sagte, wenn er von dem Hund sprach, so wie Ciara immer von *she* sprach, wenn sie über ihr Pferd Blue Lady redete. Britta fand das schön; ein Tier hatte schließlich einen Charakter, es war ein Lebewesen und nicht ein seelenloses *it*.

---

has been stolen ist gestohlen worden
possible möglich
greyhounds Windhunde
breeds züchtet
racing dogs Rennhunde

Als sie später mit Ciara in ihrem Zimmer war und im Bett lag, fragte sie Ciara leise: "What **exactly happened**?"
"Sean breeds racing dogs. Dog races are very **popular** in **Ireland**", erklärte die Freundin. "I think there's a race **somewhere** every day. And lots of people **bet** on the dogs. Sean's dogs **have won a lot of** money. **Unfortunately** breeding them **costs** a **fortune**."
Sie schwieg einen Moment gedankenverloren. "Anyway, Golden Racer is his best dog. He **was supposed to** run his first big race **the weekend after next** and everybody was so **excited** because they **had great hopes** for him. Tonight

---

exactly genau
happened ist geschehen
popular beliebt
Ireland Irland
somewhere irgendwo
bet wetten
(have) won (haben) gewonnen
a lot (of) viel(e)
unfortunately leider
costs kostet
fortune Vermögen
was supposed to sollte
the weekend after next übernächstes Wochenende
excited aufgeregt
had hatten
great hopes große Hoffnungen

Sean **found** his **kennel** open, and the dog **had gone**."

"Maybe he **forgot** to **shut** the door and the dog **ran away**", vermutete Britta.

Doch Ciara schüttelte den Kopf. "No, he was stolen. It was a **break-in**."

"**How much** is he **worth**?", wollte Britta wissen.

Ciara zuckte mit den Schultern. "I don't know exactly. I **guess** forty **thousand** euros **at least**."

Britta blieb der Mund offen stehen. Vierzigtausend Euro? Kein Wunder, dass Sean so aufgelöst gewirkt hatte.

In der Nacht träumte sie von einem Hund, der einem Polizisten klarzumachen versuchte, wie viel er wert war. Er sagte wieder und wieder: "I am worth tirty tree tousand euros."

---

found hat vorgefunden
kennel Zwinger
had gone war weg
forgot hat vergessen
shut schließen
ran away ist weggelaufen
break-in Einbruch
how much wie viel
worth wert
guess vermute
thousand tausend
at least mindestens

Ein schlimmer Verdacht

Auch am Frühstückstisch am nächsten Morgen gab es kein anderes Thema. Während Aunt Emma am Herd stand und Pfannkuchen oder Rühreier mit Speck zubereitete, diskutierten alle wild durcheinander.

"I told him he needed a better **security system**", sagte Uncle Ryan.

"He's **broke** if they don't **find** the dog", meinte seine Frau.

"He was such a beautiful dog", schwärmte Ronan.

Jeder hatte etwas zu sagen. Britta schwirrte der Kopf.

"I don't want to **sound prejudiced** but I bet it was the **tinkers**", sagte Aunt Emma. Augenblicklich herrschte Schweigen in der großen Küche. Doch dann brach der Tumult erst richtig los.

"No, you can't think that!", rief Sinead empört.

"It's not always the **travellers** when something's stolen", erboste sich auch Ryan und schaute seine Frau vorwurfsvoll an. "Just because they're in the **area** ..."

---

security system Einbruchschutz
broke pleite
find finden
sound klingen
prejudiced voreingenommen
tinkers *(irisch)* Zigeuner(innen)
travellers Landfahrer(innen)
area Gegend

"Just think about it", sagte Emma ruhig. "Nothing has **ever** happened **before**, and Sean has had **valuable** dogs for years."
"But **none as** valuable **as** Golden Racer", warf Sinead ein.
"Right, none as valuable as Golden Racer", stimmte ihre Mutter zu. "When **did** the tinkers **arrive**? **A few** weeks **ago**. They'**ve hardly put up** their tents and the most valuable dog in Ireland is gone. **Bit of a coincidence**, if you ask me."
Britta hörte verwirrt zu. Sie hatte nur verstanden, dass Aunt Emma jemanden namens *tinkers* verdächtigte, den Hund gestohlen zu haben. Aber wer war das? Sie würde Ciara fragen müssen. Die hatte schon gefrühstückt und war bei den Pferden.
"They don't live in tents **any more**", sagte Ronan und stand auf. "Thanks for breakfast, Mum, it

---

ever jemals
before vorher
valuable wetvolle
none keiner
as … as so … wie
did arrive sind angekommen
a few ein paar
… ago vor …
hardly kaum
(have) put up (haben) aufgestellt
bit of a coincidence ein ziemlicher Zufall
(not) any more (nicht) mehr

was **delicious** as always. But **you're wrong**", fügte er mit Nachdruck hinzu. Er gab seiner Mutter einen Kuss auf die Wange und verließ die Küche.

Ciara hatte es sich zur Aufgabe gemacht, Britta ihre Angst vor Pferden zu nehmen. Die heutige Aufgabe bestand darin, das Pferd zu striegeln. Doch Britta war es unheimlich, so dicht neben diesem massigen Tier zu stehen und mit der Bürste übers Fell zu fahren.

"What's a tinker?", fragte sie die Freundin in der Hoffnung, sie abzulenken.

"It's an **Irish** name for travellers", sagte Ciara. "You know, people who live on the **roads**. They live **by begging**, they **tell your future** from **cards**, tea leaves or your hand …" Sie kicherte und fuhr sich mit dem linken Zeigefinger über die rechte Hand. "People **used to be afraid** that they **stole** things",

---

delicious lecker
you're wrong du irrst dich
Irish irisch
road Straße
by begging vom Betteln
tell your future sagen dir die Zukunft vorher
cards Karten
used to be afraid hatten Angst
stole stehlen würden

sagte sie. “But that was **long ago**. As far as I know they get a **state benefit** to live on.”
Ciara schaute Britta erwartungsvoll an. Britta nickte. Ja, sie hatte es kapiert. *Tinkers* waren Roma. Früher nannte man sie *Zigeuner*, aber die Lehrerin in der Schule hatte erklärt, dass das ein böses Schimpfwort ist und dass sie sich selbst *Roma* nennen.
“But why **would** they steal your uncle’s dog?”, wollte sie wissen und ignorierte die Bürste, die Ciara ihr auffordernd hinhielt.
“To sell it and keep the money”, meinte Ciara mit einem Schulterzucken und begann selbst, das Pferd zu striegeln.
“But who would buy a dog like that?”, hakte Britta nach. “If it’s such a **famous** dog everybody will know it’s stolen.”
“Why do people buy a famous **painting** that’s been stolen?”, kam die Gegenfrage, die Ciara auch gleich selbst beantwortete. “They want to have it, **no matter what**.”
Dagegen war nichts zu sagen. Britta verschränkte die Arme und dachte nach.

---

long ago lange her
state benefit Sozialhilfe
would würden
famous berühmt
painting Gemälde
no matter what egal wie

"Anyway, I don't think it was the travellers", sagte Ciara.

"Who was it, then?"

Ciara unterbrach ihre Tätigkeit und schaute Britta geheimnisvoll an. "I think it was Sean's **business partner**."

Britta zog die Augenbrauen hoch. Sie wusste nichts von einem Partner. Aber würde jemand seinen eigenen Hund stehlen?

Ciara warf die Bürste zur Seite und gab dem Pferd einen Klaps aufs Hinterteil, was dieses mit einem Wiehern beantwortete.

"I don't like him", sagte Ciara.

"Why not?", fragte Britta.

"He's an arrogant **bastard**", sagte Ciara und fügte grinsend ein "Sorry" hinzu. Sie ging Richtung Stall, um die Striegel aufzuräumen.

Britta folgte ihr.

"Tell me about him", forderte sie die Freundin auf. Sie war sicher, dass Ciara so etwas nicht einfach behaupten würde. Sie hatte bestimmt einen Grund dafür.

Ciara legte die Striegel weg und setzte sich auf einen Strohballen. Britta zog einen anderen Ballen heran und setzte sich der Freundin gegenüber.

---

business partner Geschäftspartner
bastard Scheißkerl

“His name is Luke and he’s an **awful** man”, begann Ciara. Sie schüttelte sich. “One day he just arrived – nobody knows **anything** about him. My aunt and uncle have **often** asked Sean, but he just says that Luke is okay and he’s happy to have him as a business partner.”

“But if Sean trusts him he **should** be okay, shouldn’t he?”, warf Britta ein.

Ciara schüttelte den Kopf und erwiderte: “It’s just a **feeling**. I can’t **prove** anything. That’s the problem. **He gives me the creeps**. It’s **as if** he**’s got** a bad aura.” Sie schaute Britta fragend an und beschrieb mit ihren Armen einen Kreis um ihren Körper.

Britta nickte. Ja, sie hatte verstanden.

“He’s a **lazybones**, if you ask me”, fuhr Ciara fort. “Sean **does** all the hard **work** **while** Luke

---

awful schrecklich
anythings irgendetwas
often oft
should müsste
feeling Gefühl
prove beweisen
He gives me the creeps. Ich bekomme eine Gänsehaut, wenn ich ihn sehe.
as if als ob
has got hat
lazybones Faulpelz
does macht
work Arbeit
while während

travels around. Sean says he's got great **connections** and that that's **important**, but I think he's just having a good time. And Sean pays for it."

Britta schwieg. Sie konnte sich des Verdachts nicht erwehren, dass Ciara sich da in etwas hineingesteigert hatte. Nur weil sie Luke nicht mochte, hieß das doch noch lange nicht, dass er ein Hundedieb war.

"You don't believe me", stellte Ciara mit einem Blick auf Brittas Gesicht fest.

Britta fühlte sich ertappt. "Well, I can't **judge** him", sagte sie. "I don't know him, **after all**."

Ciara starrte sie sekundenlang an, sprang dann plötzlich auf und sagte: "You should **meet** him, then. Let's go and **visit** them. I wanted to see the **scene of the crime**, anyway."

Britta hatte gerade noch Zeit, den Strohballen auf seinen alten Platz zu schieben, dann rannte sie der Freundin nach.

travels around herumreist
connections Beziehungen
important wichtig
judge beurteilen
after all schließlich
meet kennenlernen
visit besuchen
scene of the crime Tatort

Der Tatort

Ciara hatte mit Erlaubnis ihres Onkels einen **Jaunting Car** angespannt und Britta genoss die Kutschfahrt durch die hügelige Landschaft. Ciara machte sie auf Besonderheiten aufmerksam wie zum Beispiel die drei Seen im Nationalpark, den Upper, Middle und Lower Lake – sehr einfallsreiche Namen, wie Britta grinsend bemerkte.

"At least you know which **direction** the water **flows** in", gab Ciara gespielt beleidigt zurück, was Britta mit der Bemerkung quittierte, das habe sie schon immer brennend interessiert.

Sie hatten viel Spaß und bogen kichernd und schwatzend in die Hauptstraße nach Killarney ein. Überall begegneten ihnen andere Jaunting Cars, die meisten mit Touristen an Bord.

"A lot of **Americans** come here in summer", erklärte Ciara, während sie die Kutsche geschickt durch den stärker werdenden Verkehr lenkte. "**Almost** all the people in the Killarney area live from **tourism**", sagte sie.

---

jaunting car Einspänner
direction Richtung
flows fließt
Americans Amerikaner(innen)
almost fast
tourism Tourismus

Britta schaute sich um, während sie durch die Straßen der kleinen Stadt fuhren. Es gab einen eigenen Parkplatz für die Jaunting Cars. Ciara erklärte, dass viele Touristen die Kutschen nutzten, um einen Ausflug in den Nationalpark und vor allem zum Muckross House zu machen.
"We'll do a **tour** one day while you're here", sagte sie zu Britta. "It's a **wonderful** old house."
Sie durchquerten die Stadt und fuhren auf der anderen Seite weiter. Seans Hundezucht lag etwas außerhalb der Stadt, gut versteckt in einem Wäldchen.
"You need to know this **place**", bemerkte Britta, als sie den schmalen Weg entlangfuhren. Hundegebell drang zu ihnen vor. Ciara schaute sie fragend an. "I mean, you wouldn't just find it **by accident**. You'd need to know it to **be able to** steal a dog."
"You're right", erwiderte Ciara und grinste über das ganze Gesicht. Britta ahnte, was Ciara dachte: Seans Partner Luke kannte den Ort natürlich bestens. Dennoch beschloss sie, die Augen offen zu halten. Ihr wollte nicht einleuchten, warum jemand, dem ein wertvolles Tier schon zur Hälfte gehörte, es stehlen sollte. Das ergab einfach keinen Sinn.

---

tour Führung
wonderful wunderbar
place Ort
by accident zufällig
be able to können

Der Waldweg machte einen Knick, und als sie um die Ecke bogen, tauchte vor ihnen ein kleines Haus auf, das schon bessere Zeiten gesehen hatte. Die Wandfarbe war abgeblättert und auch die Fensterrahmen hatten einen Anstrich bitter nötig.
"**Pretty** house", murmelte sie und meinte es ernst. So vernachlässigt das Haus auch wirkte, es machte einen heimeligen Eindruck. Das Hundegebell, das mit jedem Meter lauter geworden war, kam offenbar von der Rückseite des Hauses. Britta war gespannt auf die Tiere. Sie mochte Hunde. Immerhin waren die nicht so riesengroß wie Pferde.
Ciara parkte die Kutsche vor dem Haus und spannte das Pferd aus. Sie führte es zu einem eingezäunten Stück Wiese und ließ es dort grasen.
Britta folgte Ciara ins Haus. Der vernachlässigte Eindruck von außen setzte sich innen fort. An den Wänden war kaum noch Farbe, die Holzdielen hätten einen neuen Schliff gut vertragen, die paar Möbel, die herumstanden, schienen reichlich altersschwach. Dennoch – auch hier drin fand Britta es sehr gemütlich. Sie mochte das Haus.
Ciara rief nach ihrem Onkel, doch niemand antwortete. Das schien sie auch nicht erwartet zu haben, denn sie hielt sich nicht lange mit Suchen auf, sondern ging kurz entschlossen nach hinten durch.

---

pretty hübsch

"They're **probably** in the **back yard**, with the dogs", sagte sie zu Britta.
Als Ciara die hintere Tür öffnete, drang lautes Hundegebell auf sie ein.
Hinter dem Haus standen unzählige Hundezwinger, in denen aufgeregte Windhunde hin- und hersprangen und aus Leibeskräften bellten. Manche standen aufgerichtet da und hielten sich mit den Pfoten an dem Gitter fest, andere liefen ständig hin und her.
Obwohl die Zwinger groß waren, hatte Britta sofort das Gefühl, in einem Hundegefängnis gelandet zu sein. Die armen Tiere!
Ciara schien es ähnlich zu gehen, denn sie sagte: "I hate this place. **I'd love to** open all the kennels and **set** them **free**."
"Your uncle wouldn't be happy", erwiderte Britta.
"**Definitely** not", stimmte Ciara zu. "But **these** aren't pet dogs. Let's look for Uncle Sean. He can't be **far away**."
Tatsächlich fanden sie ihn in einem der letzten Zwinger. Während Ciara ihren Onkel begrüßte,

probably wahrscheinlich
back yard Hinterhof
I'd love to ich möchte gern
set free freilassen
definitely ganz bestimmt
these diese
far away weit weg

schaute Britta sich die Hunde an. Sie waren wunderschön, obwohl sie sehr mager waren. Ob sie genug zu fressen bekamen?

Ciara gab ihr mit der Hand ein Zeichen, ihr zu folgen. Sie gingen zum Haus zurück.
"Sean will come in a minute. He told me to **boil** some water for tea", sagte sie.
Sie gingen in die Küche, wo Ciara Wasser aufsetzte und Tee in eine alte Kanne löffelte. Auch das hatte Britta gelernt: Wie bei den Briten ging auch in Irland nichts ohne eine schöne Tasse Tee.
Kurz darauf erschien Sean in der Tür. "What a lovely surprise", sagte er und lachte sie an. "Just need to wash my hands – I'll be with you in a minute."
Ciara und Britta füllten drei Tassen und warteten auf

---

boil kochen

Sean, der mit sauberen, noch feuchten Händen zurückkam.

"Ah, a nice cup of tea, that's what I need now", seufzte er selig und setzte sich auf einen Stuhl. "This is a nice surprise", wiederholte er und wandte sich an Ciara. "I **have**n't **seen** you here for a while."

"Well, we **have been busy** on the farm", erwiderte Ciara. "We wanted to come weeks ago but suddenly Dad had this **renovation** idea."

Sean wandte sich Britta zu. "So, how do you like our nice **little country**?"

"I like it very much", sagte Britta. "I can't believe there are so **many different** greens."

Sie wollte gerade noch etwas über die Schönheit Irlands sagen, als ein Auto vorfuhr. Der Motor wurde ausgeschaltet, eine Tür schlug zu und kurz darauf ertönten Schritte im Flur.

"We're in here", rief Sean.

Im nächsten Moment tauchte das Gesicht eines Mannes in der Tür auf.

"Hi, Luke; want a cup of tea?", fragte Sean.

---

have seen habe gesehen
have been busy hatten viel zu tun
renovation Renovierung
little klein
country Land
many viele
different unterschiedlich

Der Geschäftspartner

Das also war Seans Partner. Britta war fast ein wenig enttäuscht. Nach Ciaras Beschreibungen hatte sie sich einen Mann vorgestellt, dem man die Boshaftigkeit schon von weitem ansehen konnte.

Doch Luke sah aus wie ein großes Baby: Er hatte ein rundes Gesicht, eine sehr helle Haut und feine, rötlich-blonde Haare. Im Gegensatz zu Sean, der einen Blaumann und feste Stiefel anhatte, trug er einen Anzug, ein weißes Hemd und Halbschuhe. Er roch intensiv nach Rasierwasser. Ciara hatte offensichtlich Recht: Zumindest die Kleidung taugte nicht für körperliche Arbeit.

"Hello, Britta, nice to meet you", sagte er zu ihr und reichte ihr die Hand. Sein Händedruck war fest und passte nicht zum Rest der Erscheinung. Britta beschloss, ihn nicht zu unterschätzen. In Schottland hatte sie die Erfahrung gemacht, dass finster aussehende Menschen nicht unbedingt böse sein müssen. Genauso konnten sympathisch aussehende Leute wie Luke Bösewichte sein.

"So, girls, **what's up?**", fragte er und goss sich eine Tasse Tee ein.

"We wanted to see the scene of the crime", sagte Ciara freimütig und schaute Luke direkt an.

What's up? Was gibt's?

Er lachte nur und meinte: “Well, **feel free to** play **detective**. I guess, though, you won’t find much **more than the police did**.”

“Britta **has solved** lots of **mysteries**”, sagte Ciara. “Maybe she can solve this one **as well**.”

“Would be good if she did”, murmelte Sean. “I’d give my right arm to get Racer **back**.”

“Hey, hey”, protestierte Luke und tätschelte Seans Arm. “We need your right arm.” Er deutete Richtung Hundezwinger. “Go ahead, look around. I need to **check** some papers.” Er nahm seine Tasse und verließ die Küche. Britta und Ciara schauten sich an.

“I’ll **show you around**”, sagte Sean und erhob sich ebenfalls.

Die Mädchen folgten ihm hinter das Haus, wo sofort wieder ein ohrenbetäubender Tumult losbrach.

“They want food, of course”, rief Sean über den Lärm hinweg. Er schritt an den Zwingern entlang und sprach mit jedem seiner Hunde.

---

feel free to ihr dürft gern
detective Detektiv(in)
more mehr
than the police did als die Polizei
(has) solved (hat) gelöst
mysteries Rätsel
as well auch
back zurück
check kontrollieren
show you around zeig euch alles

"**Look at** them", sagte er schließlich mit leuchtenden Augen. "Aren't they beautiful?"
Britta nickte. Ja, sie waren wirklich schön, wenn auch recht mager. Aber Rennhunde mussten das vermutlich sein. Sie hatte nicht das Gefühl, dass Sean seine Tiere schlecht behandelte. Sie kamen zum vorletzten Zwinger, der leer stand. Über der Tür hing ein Schild mit der Aufschrift *Golden Racer.*
"The **funny** thing is I **gave** him that name before I **knew** he would be a good racer", sagte Sean traurig. "I just **saw** him with his little paws and his **bright** eyes and the name **came** into my head. He **never let me down**."
Sean wandte sich ab.
"He'll be back", sagte Ciara zuversichtlich. "**Someone** will find him and bring him **home**."
"I don't know", murmelte Sean. "Will you excuse me?", fügte er hinzu und ließ sie stehen.

---

look at schaut an
funny komisch
gave habe gegeben
knew wusste
saw habe gesehen
bright strahlend
came ist gekommen
never nie
let me down hat mich im Stich gelassen
someone irgendjemand
home nach Hause

Britta sah ihm nach. War es nun die Liebe zu diesem einen, offenbar besonderen Hund oder der finanzielle Verlust, der Sean so bedrückte? Oder gar beides?
"We need to help him", sagte Ciara.
Britta nickte. Aber wie sollten sie das anstellen?
Sie inspizierten den Zwinger. Das Schloss war eindeutig aufgebrochen worden; drum herum sah man Spuren von weißem Pulver. Offenbar hatte die Polizei nach Fingerabdrücken gesucht.
"What can we do?", fragte Britta. "Look. There are too many **tracks** to find the one we need."
"Maybe the police have found something", erwiderte Ciara hoffnungsvoll.

"Maybe", gab Britta zu. "But that won't help us. We can't go to the police and ask them to tell us what they've found."
"**I'm afraid** you're right. There's not much we can do."
"We **could** ask your uncle and Luke", schlug Britta vor.
"I **doubt** it'll help, but let's ask them", stimmte Ciara zu.
Sie gingen zum Haus zurück und suchten nach Luke. Der saß in einem winzigen Büro.

---

tracks Spuren
I'm afraid ich fürchte
could könnten
doubt bezweifle

Ein schmaler Schreibtisch, ein Stuhl davor, ein schmales Regal dahinter und ein kleiner Aktenschrank fanden so grade Platz. Luke saß eingeklemmt am Schreibtisch und starrte in einen Monitor, der auch schon bessere Tage gesehen hatte. Alles in diesem Haus schrie nach fehlendem Geld.

“Hi, Luke”, sagte Ciara.

Luke fuhr zusammen und starrte sie einen Moment lang an. Dann zwang er sich zu einem Lächeln und klickte hektisch mit der Maus. Britta sah nur, dass der Monitor dunkel wurde.

“Hi, girls”, rief er. Es klang eine Spur zu freundlich. “What can I do for you? Found anything?” Jetzt klang seine Stimme eher ironisch.

Britta gab der Freundin insgeheim Recht. Luke verhielt sich seltsam.

“Sorry, we **didn’t mean** to **scare** you”, sagte Ciara. “**Were** you here when it happened?”

“No, unfortunately not”, erwiderte Luke und schüttelte den Kopf. “I had an **appointment** in Tralee. I wish I’d been here. **I could have helped** Sean.”

Er klang wie ein besorgter Freund, aber Britta hatte das Gefühl, dass es nicht ehrlich gemeint war. Doch

---

didn’t mean wollten nicht
scare erschrecken
were warst (du)
appointment Termin
I could have helped ich hätte helfen können

es war nur ein Gefühl, das sich nicht in Worte fassen ließ.
Ciara stellte weitere Fragen, die Luke bereitwillig beantwortete. Nein, es war noch nie zuvor ein Hund gestohlen worden. Nein, es gab keine Auffälligkeiten; keine plötzlich interessierten Leute, keinen Streit mit anderen Züchtern, keinerlei Probleme.
"How much is he worth?", wollte Ciara schließlich wissen.
"Fifty thousand euros", sagte Luke. "And – yes, we'll probably go broke if it doesn't come back."
Britta fiel sofort auf, dass er *it* und nicht *he* gesagt hatte. Lukes Beziehung zu den Hunden ging offensichtlich nicht so tief wie Seans. Aber was hieß das schon? Er war schließlich nicht direkt für die Aufzucht der Tiere zuständig.
Als Ciara keine Fragen mehr einfielen, bedankten sie sich artig und suchten nach Sean. Sie stellten ihm dieselben Fragen, doch auch er konnte ihnen keinen Hinweis geben.
"Sorry we bothered you, Uncle Sean", sagte Ciara zum Abschied.
"Don't be **silly**", erwiderte er und fuhr ihr durch die Haare. "It's always a **pleasure** to see you here. And you too, of course", sagte er zu Britta.

---

silly albern
pleasure Vergnügen

Auf dem Heimweg saßen sie schweigend nebeneinander.
"What do you think?", wollte Ciara nach einer Weile von Britta wissen.
Diese zuckte die Schultern.
"I don't know. Luke **seems** like a nice **guy**, but ..."
Sie machte eine Pause.
"Yes?" Die Freundin schaute sie erwartungsvoll an.
"I think he's hiding something", sagte Britta. "When we came to the **office** he closed **everything** on the **screen**. We couldn't see it anyway from where we **were standing**. I think he's got a **secret**."
"I told you there was something funny about him!", rief Ciara aufgeregt.
Britta schaute auf die Landschaft und dachte nach.
"We need to look at his computer", sagte sie nach einer Weile.

---

seems scheint
guy Typ
office Büro
everything alles
screen Bildschirm
were standing gestanden haben
secret Geheimnis

Ciara starrte sie überrascht an.
"Why didn't you say that before?", fragte sie vorwurfsvoll. "We **could have done** it while we were there."
Britta schüttelte den Kopf.
"**No way.** Think about it. If Luke is there we won't be able to **get into** the office. And I bet he **locks** it when he **leaves** the house."
Ciara schaute immer noch unzufrieden.
"You told me that your uncle **doesn't take care of** the business **side**. That's Luke's job, right? I bet you one hundred euros that Sean isn't in the office very often. If **at all**", fügte sie hinzu.
Ciara brummte etwas vor sich hin und sagte dann lauter: "I guess you're right." Kleinlaut fügte sie hinzu: "Sorry I **shouted at** you."
Britta grinste. "No problem. You're just **worried**."

---

could have done hätten machen können
No way. Auf keinen Fall.
get into in … hineinzukommen
locks schließt ab
leaves verläßt
doesn't take care of kümmert sich nicht um
side Seite
at all überhaupt
shouted at angeschrien habe
worried besorgt

Sie fuhren zurück zu Aunt Emmas Haus und versorgten das Pferd. Das heißt, Ciara versorgte es und Britta schaute in sicherem Abstand zu.
Beim Abendessen flammte die Diskussion um den gestohlenen Hund wieder auf. Emma verdächtigte nach wie vor die "tinkers", was beim Rest der Familie erneut Empörung hervorrief.
Als Ciara und Britta in ihren Betten lagen, flüsterte Ciara: "Do you think we should **check out** the travellers?"
Britta dachte kurz nach, erwiderte dann: "It can't **do any harm**, can it?"
Sie beschlossen, am nächsten Morgen einen Ausflug zu den Roma zu machen.

Sie liehen sich die Fahrräder von Ciaras Cousins und radelten los.
"What shall we say to them?", keuchte Britta, während sie einen Hügel erklomm.
"I have no idea", gab Ciara schnaufend zurück. Sie waren oben angekommen und Ciara rief: "Stop!"
Britta hielt dankbar an, um zu verschnaufen. Die Freundin deutete nach unten. Zu ihren Füßen lag das Lager der Roma. Britta war überrascht und auch ein bisschen enttäuscht. Sie hatte bunte Planwagen

---

check out auskundschaften
do any harm schaden

erwartet, die von Pferden gezogen wurden. Stattdessen standen da moderne Wohnmobile, die zwar nicht gerade neuesten Datums waren, aber mit der sagenhaften "Zigeunerromantik" nicht das Geringste zu tun hatten. Aber dann fielen ihr die kalten Nächte ein und sie dachte, dass die Leute ein warmes Zuhause brauchten.

"**We might not be welcome**", sagte Ciara warnend.

"We don't need to tell them they're **suspects**", meinte Britta.

"We should**n't even let** them **know** we're here", gab Ciara zurück.

"You mean we should **spy on** them?", fragte Britta erstaunt.

Ciara warf ihr einen undefinierbaren Blick zu. "Believe me, it's better like that", sagte sie.

Sie fuhren auf der anderen Seite des Hügels hinunter und machten einen großen Bogen um das Lager. Von oben hatten sie einen kleinen Wald gesehen, in dessen Schutz sie sich unbemerkt an die Wohnwagen heranschleichen konnten.

---

we might not be wir sind vielleicht nicht
welcome willkommen
suspects Verdächtige
not even nicht einmal
let know wissen lassen
spy on ausspionieren

Als sie das Wäldchen erreicht hatten, versteckten sie die Räder hinter einem großen Gebüsch und schlichen sich leise Richtung Lager.
Sie hörten die Bewohner, bevor sie sie sahen. Laute Musik kam von einem Fernseher oder Radio, dazwischen ertönte Kindergeschrei und immer mal wieder eine warnende Zurechtweisung durch eine energische Frauenstimme.
Ciara deutete auf einen relativ dichten Busch, hinter dem sie Posten beziehen konnten. Der Platz war perfekt gewählt: Sie hatten beinahe das gesamte Lager im Blick.
Eine Weile sahen sie sich das Treiben auf dem großen Platz an. Kinder tobten herum, Männer saßen vor den Wohnwagen, rauchten, tranken Bier und diskutierten oder sahen fern. Frauen liefen zwischen den Wagen herum, fingen Kinder ab, um sie kurz an sich zu drücken, hängten Wäsche auf.
"It all looks **perfectly** happy", flüsterte Ciara.
"I can't see a greyhound", sagte Britta.
"**Neither can I**", bestätigte Ciara.
Alles was sie sahen, waren zottelige Hunde, die selten mit Wasser in Berührung zu kommen schienen und vermutlich noch nie eine Bürste gesehen hatten. Sie rannten auf dem Platz umher, die Nasen immer auf

---

perfectly vollkommen
Neither can I. Kann ich auch nicht.

dem Boden, in der Hoffnung, etwas Fressbares zu finden. Sobald sie sich einem Menschen näherten, wurden sie mit wedelnden Armen und manchmal sogar mit angedeuteten Fußtritten weggejagt. Die Tiere schienen es gewohnt zu sein, denn sie reagierten gelassen darauf.

Britta fragte sich gerade, warum jemand sich Hunde hielt, wenn er sie offensichtlich nicht mochte, als Ciara zusammenzuckte.

"What?", fragte Britta.

"They aren't pets", sagte Ciara leise. "They're needed as ..."

"... **guard dogs**", ergänzte Britta.

Sie schauten sich entgeistert an. Was, wenn die Hunde ihre Witterung aufnahmen?

Ciara steckte den rechten Zeigefinger in den Mund und hielt ihn dann in die Luft. "No wind", sagte sie erleichtert.

Dennoch drängte Britta darauf, das Versteck zu verlassen und zu den Fahrrädern zurückzukehren.

Sie wollte gerade zurückkriechen, als Ciara sie festhielt und sagte: "Look." Sie deutete auf einen etwa sechs- oder siebenjährigen Jungen, der sich mehrmals umschaute, bevor er einen etwas abseits stehenden Wohnwagen betrat.

"Looks like he's got a secret", sagte Britta.

---

guard dogs Wachhunde

"Yes", bestätigte Ciara. "I wish we could see inside the **caravan**", sagte sie.
"It's too dangerous", warnte Britta. "Don't forget the dogs."
Der Junge verließ nach kurzer Zeit das Wohnmobil, schaute sich dabei wieder mehrmals um und schloss dann fest die Tür.
"What's he got in his hand?", fragte Britta. Er trug etwas Längliches, das aussah wie …
"Salami?", riet Ciara.
Sie versuchten, den Gegenstand in seinen Händen zu erkennen, und einigten sich auf eine Salami.
"I guess he's hungry", sagte Ciara enttäuscht. "If he were hiding a dog in the caravan he **would have brought** the salami and not **taken** it."
"I don't think he could hide a greyhound in a caravan for long", versuchte Britta sie zu trösten.
Der Junge schaute sich nochmals um, schob die Wurst unter sein Hemd und verschwand dann zwischen den Wohnwagen. Da er nicht mehr auftauchte, beschlossen die Mädchen, zu den Fahrrädern zurückzukehren.
Sie fuhren langsam nebeneinander zu Aunt Emmas Haus zurück und berieten sich unterwegs.

---

caravan Wohnwagen
would have brought hätte gebracht
(would have) taken (hätte) genommen

"That boy is hiding something", sagte Ciara. Sie war ganz sicher: Irgendwas stimmte hier nicht.
"He just looked hungry", widersprach Britta. "Maybe that caravan is their **pantry**."
Ciara schaute sie ungläubig an. "A **whole** caravan as a pantry? I don't know", sagte sie zweifelnd.
"I don't know either", gab Britta zu. "Think about it. There's no **electricity** so they wouldn't have a **fridge** in every caravan, right?"
Ciara zuckte mit den Achseln. "I've no idea. We learned about travellers in school but not about **things like that**."
"I don't think they've got Golden Racer", sagte Britta, als sie beim Haus ankamen. "What would they do with a dog like that?"
"Sell it?", sagte Ciara ironisch.
"Hmm", machte Britta. Irgendwie drehten sie sich im Kreis.

---

pantry Vorratskammer
whole ganz
electricity Strom
fridge Kühlschrank
things like that solche Sachen

Gerüchte

Am Nachmittag schlug Aunt Emma einen Ausflug nach Killarney vor.
"I know you're used to big **cities** like **Munich**, London or **Vienna**", sagte sie zu Britta, "but Killarney is very nice."
"I'd love to go there", sagte Britta. "It looked very nice when we **drove** through yesterday."
Sie fuhren diesmal mit dem Auto, nicht mit der Kutsche, und es dauerte gerade mal zehn Minuten. Aunt Emma parkte bei der Tourist Information, denn gegenüber gab es einen großen Supermarkt.
"I need to **do some shopping**", sagte sie. "But I'm going to go to the **hairdresser first** so she can make me look **respectable** again." Sie fuhr sich kokett durch die rötlichen Haare. Die Mädchen lachten.
"I like you **the way you are**", sagte Ciara und gab ihrer Tante einen Kuss.

---

cities Städte
Munich München
Vienna Wien
drove sind gefahren
do some shopping einkaufen
hairdresser Friseur(in)
first zuerst
respectable anständig
the way you are so wie du bist

"You're too **kind**", erwiderte Emma. "I wish Ryan would say that more often." Ihr Ton ließ durchblicken, dass er das sehr wohl sagte. Sie schaute auf ihre Armbanduhr.
"Okay, I'll need **about** two hours for everything." Sie wandte sich an Ciara. "Why don't you show Britta around and **meet** me later at Bricín's café on the **High Street** for tea and cake?"
"All right, have fun at the hairdresser's", sagte Ciara und sie verabschiedeten sich.

"Let's look inside", bat Britta, als sie mit Ciara an der Touristeninformation vorbeiging. Durch das Schaufenster sah sie jede Menge Souvenirs und sie brauchte ein paar Mitbringsel für zu Hause.
Sie betraten den Laden und schauten sich alles an. Britta kaufte ein typisches Guinness-Glas für ihren Vater, einen handgestrickten Schal aus irischer Lammwolle für ihre Mutter, eine karierte Mütze für Robert, den neuen Mann ihrer Mutter, und eine kleine Baseball-Kappe für ihren Halbbruder Kevin. Auf der Kappe prangte ein lustiges Schaf mit einem Kleeblatt im Mund, darunter stand *Ireland*.
Als sie den Laden verließen, sagte Britta: "I'm so

---

kind nett
about ungefähr
meet triffst
high street Hauptstraße

stupid. Now I have to carry this around." Sie hielt die große Tüte hoch.
"No problem. Let's go to Emma's hairdresser – we can **get** the car keys and **leave** the bag in the car", sagte Ciara, wie immer praktisch veranlagt.
Der Friseur war gleich um die Ecke, und so war alles innerhalb von ein paar Minuten erledigt.
"Now let's go to High Street. There are some nicer shops there", schlug Ciara vor.
"I do**n't** have **any** money **left**", stöhnte Britta. Während sie der Freundin folgte, fiel ihr auf, dass sie ständig an verdeckten Schaufenstern vorbeikamen. Zuerst dachte Britta, es handle sich um Läden, die gerade renovierten, doch als aus einem ein paar Männer herauskamen, die so gar nicht nach Handwerkern aussahen, schaute sie sich den Laden näher an. *Betting office* stand in großen Buchstaben darüber. Aha, ein Wettbüro.
Ciara hatte ihr schon erzählt, dass in Irland sehr viel gewettet wurde. Schon manche Familie war pleite, weil die Männer das ganze Geld verzockt hatten. Man konnte auf alles wetten, aber Hunderennen gehörten eindeutig zu den Favoriten.

---

stupid dumm
get holen
leave lassen
not any kein
left übrig

Gedankenverloren lief Britta hinter der Freundin her und merkte so gar nicht, dass diese stehen blieb. Fast wäre sie mit ihr zusammengestoßen.
"Your German friend?"
Ciara stand einer älteren Frau gegenüber, die gar nicht aufhören wollte, ihr die Hand zu schütteln.
"Yes, this is my friend Britta, from Munich. Britta, this is Mrs Mulroney, a friend of Emma and Ryan."
"Nice to meet you", sagte Britta höflich.
"I **heard** about your uncle's dog", sagte die Frau und beugte sich verschwörerisch zu Ciara. "Awful thing to happen. Who would steal a dog?"
"He's quite valuable", erwiderte Ciara und versuchte ihre Hand loszueisen, was ihr irgendwann auch gelang. Sie warf Britta einen Blick zu, der Bände sprach.
"Yes, yes", sagte die Frau. "There's a lot of **gossip**. Everybody is talking about it, of course."
"Did you hear anything that might help?", fragte Ciara und setzte ein freundliches Kinderlächeln auf.
Mrs Mulroney zögerte, überlegte wohl, ob sie Kindern vertrauen konnte. Doch ihr Stolz, etwas zu wissen, was andere offensichtlich nicht wussten, war größer.
"No, I didn't hear anything", sagte sie. Ciara schaute

---

heard habe gehört
gossip Klatsch

enttäuscht, doch ihre Miene erhellte sich umgehend, als Mrs Mulroney fortfuhr: "But I saw something. Or **rather**: someone." Sie schaute sich verschwörerisch um. "Luke said he was in Tralee the day the dog was stolen, am I right? But I saw him here in Killarney."

"I'm sure you **must** be wrong about that", sagte Ciara. "Why would Luke **lie to** the police?"

"Ah, you're too **young** to know about **life**", sagte Mrs Mulroney wichtigtuerisch. "There are problems in this world …"

"What do you mean?", fragte Ciara unschuldig. Aber Britta sah den Triumph in ihren Augen. Zum Glück achtete Mrs Mulroney nicht darauf.

"I have heard that Luke has **huge debts**", flüsterte sie.

"How huge?", hakte Ciara flüsternd nach.

"More than ten thousand euros", flüsterte Mrs Mulroney zurück. Sie bekam wohl ein schlechtes Gewissen wegen der Gerüchte, die sie verbreitete, denn sie hatte es plötzlich sehr eilig. "It was nice to meet you.

---

rather besser
must müssen
lie to anlügen
young jung
life Leben
huge riesig
debts Schulden

Say hello to Emma and Ryan, **dear**", sagte sie zu Ciara und tätschelte ihren Arm. "I must go – I have an appointment." Mit diesen Worten rauschte sie davon.

"Uff", sagte Ciara.

"Who was that?", wollte Britta wissen.

"As far as I know she used to live **next door to** my uncle and aunt years ago, but she **moved away** to be **closer** to her daughter. Probably to keep an eye on her", fügte sie grimmig hinzu. "Aunt Emma always **complained** about her being **nosy**."

"But people like her are **useful** if you need **information**", sagte Britta trocken. "They always know all the gossip."

"That's right", gab Ciara zu. Sie sah Britta an. "Are you thinking **the same** as me?"

Britta nickte. "I think so. Luke is our **prime suspect**."

---

dear mein(e) Liebe(r)
next door to neben
moved away ist weggezogen
closer näher
complained hat sich beklagt
nosy naseweis
useful nützlich
information Information(en)
the same dasselbe
prime suspect Hauptverdächtige(r)

Touristenprogramm

Britta und Ciara stöberten noch eine Weile in diversen Läden herum, trafen zum vereinbarten Zeitpunkt im Café ein und ließen sich von Aunt Emma mit Tee und köstlichem Kuchen verwöhnen. Ciara erzählte von ihrer Begegnung mit Mrs Mulroney.
"**Good Lord**", rief ihre Tante gespielt theatralisch. "You poor things. Was she very nosy?"
Ciara lachte. "No, **quite the opposite**. Couldn't wait to tell us the '**latest** news'." Sie markierte Gänsefüßchen in der Luft, um anzudeuten, dass die angeblichen Neuigkeiten kalter Kaffee waren.

"I guess she talked about Bridget's **wedding plans**", seufzte Emma. "The poor thing would have been **married** years ago **if it were up to** Mrs Mulroney."
Ciara erklärte Britta kurz, dass Bridget Emmas älteste Tochter war, die in Dublin studierte. Ihrer Tante erwiderte sie: "No, **actually** she told us that Luke has big debts."

Good Lord. Du meine Güte.
Quite the opposite. Ganz im Gegenteil.
latest neueste
wedding plans Hochzeitspläne
married verheiratet
if it were up to ... wenn es nach ... ginge
actually eigentlich

Aunt Emma starrte sie ein paar Sekunden lang an, runzelte schließlich die Stirn und meinte wütend: “That’s not something she should talk to children about. I can’t believe she’s that stupid!”
Ciara biss sich auf die Lippen. Sie hätte besser den Mund gehalten. Das fand auch Britta.
“I didn’t believe her”, beeilte Ciara sich zu sagen. “It’s just gossip, isn’t it?” Sie versuchte nachlässig zu klingen, als interessiere sie das nicht im Geringsten. “And why would he steal his **own** dog, anyway?”, fügte sie noch hinzu.

Wieder zu Hause, verzogen sich Ciara und Britta in ihr Zimmer und überlegten, wie sie mit der Information von Mrs Mulroney umgehen sollten.
“We need to check the computer”, sagte Ciara. “I could **kill myself** for not thinking of it earlier.”
“**Don’t blame yourself**”, meinte Britta versöhnlich. “We wouldn’t have had a chance.”
“Yes, you’re right”, seufzte Ciara. “We need to **find out** when Luke will be **out**. Then we can go and check the office.”
“Don’t you think your uncle might want to know

---

own eigen
kill myself mich umbringen
Don’t blame yourself. Mach dir keine Vorwürfe.
find out herausfinden
out aus dem Haus

what we're looking for?", sagte Britta. "We need to find **another** way to check on him."
Doch so lange sie auch überlegten, sie fanden keine Lösung. Uncle Sean war wegen der Hunde fast immer anwesend. Und sie konnten sich schließlich nicht rund um die Uhr auf die Lauer legen, um einen Moment abzupassen, wenn er mal kurz zum Einkaufen fuhr.
"We could talk to my aunt or Uncle Ryan", schlug Ciara vor.
Britta schüttelte den Kopf. "No, we shouldn't do that. It'll **only** make them **suspicious**."
Ciara stimmte mit einem Kopfnicken zu. Neugierige Erwachsene waren die Pest und das Letzte, was sie jetzt gebrauchen konnten. Und so waren sie beide froh, als sich das Gespräch beim Abendessen mal nicht um den verschwundenen Hund drehte, sondern um den neuesten Klatsch, den Aunt Emma aus dem Friseursalon mitgebracht hatte.
"**Typical grown-ups**", sagte Ciara, als sie zu Bett gingen. "They hate gossip unless they're telling it **themselves**."

---

another einen anderen
only nur
suspicious misstrauisch
typical typisch
grown-ups Erwachsene
themselves selbst

Am nächsten Morgen jagten dunkle Regenwolken über den irischen Himmel. Immer wieder regnete es in Strömen, aber die Güsse dauerten nur ein paar Minuten. Dann schien kurz die Sonne, nur um gleich darauf wieder hinter den Wolken zu verschwinden.
"Not a day to be outside", murmelte Ciara müde.
"Hmm", brummte Britta statt einer Antwort.
"Why don't you visit Muckross House today?", schlug Aunt Emma vor. "It's perfect weather for that."
Ciara nickte. "That's a good idea", stimmte sie zu. "Let's play tourists today." Sie schaute Britta erwartungsvoll an.
Britta hatte zwar keine große Lust auf alte Möbel, wollte aber nicht unhöflich sein. "Okay, let's play tourists", willigte sie ein.
Aunt Emma bot an, sie mit dem Auto hinzubringen, aber Ciara wollte lieber einen der Jaunting Cars nehmen. Den Hinweis auf die Regenschauer wischte sie mit einer Handbewegung beiseite.
Britta genoss die Kutschfahrt durch den Nationalpark. Die Luft war klar und über den Wiesen schwebten kleine Nebelwölkchen. Als sie in einen Weg abbogen und direkt auf ein großes Haus zufuhren, klappte Brittas Mund auf.
"Wow", war alles, was sie sagen konnte. Das Haus ähnelte einem Schloss, wenn es auch ganz anders aussah als das Schlosshotel in Schottland, in dem sie Ciara kennengelernt hatte.

Ciara lachte. "Wait **until** you see the **view**. You'll **fall in love** with it **immediately**."
Vor dem Haus parkten mehrere Jaunting Cars. Die Fahrer standen beisammen und unterhielten sich.

---

until bis
view Aussicht
fall in love dich verlieben
immediately sofort

Ciara hielt an und sprang vom Bock.
"Wait a minute", sagte sie zu Britta. "I just have to **sort** this **out**."
Sie lief zu den Kutschern und redete mit ihnen. Es gab eine heftige Reaktion seitens der Männer, doch Ciara schaffte es, sie zu besänftigen. Schließlich nickte einer und deutete auf den freien Platz neben einer Kutsche. Ciara kam grinsend zurück.
"They didn't like it", sagte sie. "But I **managed** to **persuade** them to **let** us leave the car here", fügte sie hinzu.
Britta sprang ebenfalls vom Bock und sah zu, wie Ciara die Kutsche geschickt einparkte. Sie winkte den anderen Kutschern zu und lief dann zu Britta zurück.
"Now, let's see **whether** we can go on a guided tour", meinte Ciara.
"Perfect **timing as far as the weather's concerned**", meinte Britta, denn es begann zu regnen. Sie liefen zum Haus und fragten an der Kasse nach einer Führung.

---

sort out klären
managed habe es geschafft
persuade überreden
let *hier:* erlauben
whether ob
timing Zeitplanung
as far as the weather's concerned was das Wetter betrifft

Keine Zeit für alte Möbel

Britta fand das Haus faszinierend. Sie verstand auch sofort, was Ciara gemeint hatte, als sie von der spektakulären Aussicht gesprochen hatte: Aus den mittleren Fenstern im ersten Stock bot sich ein atemberaubender Blick auf den Middle Lake.

Der Fremdenführer verriet ihnen Details zum Aufbau des Hauses – es gab einen eigenen Trakt für die Bediensteten, einen für die Herrschaft und sogar einen für die Kinder.

"Very **convenient**", murmelte Ciara. "No **complaints** about the music being too loud." Sie grinsten sich an.

"Isn't this view **gorgeous**?", fragte Ciara und wandte sich dem Hauptfenster zu. "I'd love to live in a house like this", seufzte sie. "**Imagine** yourself in a long dress having important **guests** for dinner."

"Sounds quite boring", gab Britta ironisch zurück. "You'll have to find yourself a rich husband first", fügte sie hinterhältig hinzu.

"Ah, you've spoiled it", maulte Ciara und grinste.

---

convenient praktisch
complaints Klagen
gorgeous grandios
imagine stell dir vor
guests Gäste

Sie wollte sich abwenden, hielt jedoch mitten in der Bewegung inne.

"**What's the matter?**", fragte Britta. "Found him **already**?"

"Not exactly", sagte Ciara leise. "But I have found another interesting man." Sie deutete hinaus.

Britta konnte zuerst niemanden erkennen, der eines Blickes wert gewesen wäre, doch dann sah sie ein bekanntes Gesicht.

"What's *he* doing here?", entfuhr es ihr laut. Luke stand bei den Kutschern und redete mit ihnen. Kurz darauf ging er mit einem von ihnen ein paar Schritte zur Seite; sie stritten offensichtlich, denn sie gesti-

---

What's the matter? Was ist los?
already schon

kulierten wild mit den Armen. Der Kutscher stieß Luke einmal heftig vor die Brust, was diesen so wütend machte, dass er mit der Faust auf den Mann losging.

Britta und Ciara hielten den Atem an. Was ging da vor?

Doch bevor es zu einem Kampf kam, besannen sich beide Männer und ließen voneinander ab.

"Do you know the guy he's talking to?", wollte Britta wissen.

"I'm not sure", meinte Ciara. "He might be …" Sie stutzte, als sich der Mann kurz mit dem Gesicht zum Haus wandte. Zufrieden drehte sie sich zu Britta und sagte: "Yes, I know him. I don't know his name but I do know he's been in **jail**."

Britta seufzte. Warum ging es nicht eine Stufe harmloser? Musste sie in ihren Ferien immer auf Typen treffen, die etwas ausgefressen hatten?

"Maybe they're talking about how to sell the greyhound", mutmaßte Ciara.

"Maybe Luke **owes** him money", gab Britta zurück.

"Girls", drang die mahnende Stimme des Fremdenführers zu ihnen durch. "I know the garden is **fascinating** but please stay with the group."

---

jail Gefängnis
owes schuldet
fascinating faszinierend

Ciara und Britta schauten sich nur kurz an: Sie hatten beide genau denselben Gedanken.
“Excuse me, sir”, sagte Ciara, so höflich sie konnte, “I am afraid we have to go now.”
Bevor der Fremdenführer noch etwas sagen konnte, rannten sie zu der Tür, durch die sie gerade aus dem Erdgeschoss gekommen waren, liefen die Treppe hinunter und zum Haus hinaus. Gerade rechtzeitig, um zu sehen, dass Luke bei dem Kutscher eingestiegen war.
Ciaras Aufforderung “Let’s run!” war überflüssig. Sie sprinteten zu ihrem Jaunting Car. Britta sprang auf den Bock, während Ciara das Pferd losmachte und sich mit einem gewagten Satz neben sie schwang. Sie schnalzte mit der Zunge und brachte das Pferd in einen leichten Trab.
“Did you see which way they **went**?”, fragte sie atemlos.
“To the town, I think”, erwiderte Britta, “but I’m not sure. Let’s **risk** it”, schlug sie vor, als Ciara an der Kreuzung zögerte.
Sie bogen nach rechts ab und Ciara schnalzte wieder mit der Zunge. Das Pferd fiel in einen schnelleren Trab. Vor ihnen tauchte eine Kutsche auf, die jedoch gleich darauf hinter einer Wegbiegung verschwand.
“I think that’s them”, rief Britta, um das Hufgeklapper zu übertönen.

---

went gegangen sind
risk riskieren

Ciara drosselte das Tempo.
"Where do you think they're going?", fragte Britta nach einer Weile.
"No idea", gab Ciara zurück. "It looks like they're going **straight** to Killarney. But that doesn't make any **sense**, does it?"
Sie fuhren durch den Nationalpark Richtung Stadt, und da sich nichts Aufregendes ereignete, hatte Britta Muße, die Landschaft zu genießen. Kleine Wäldchen wechselten sich ab mit großen Wiesen, auf denen riesige Bäume standen. Die Nebelschwaden hatten sich verzogen, im Moment schien die Sonne und ließ die Natur in den schönsten Grüntönen leuchten.

"It's **unbelievable** how many **shades** of green there are", sagte Britta staunend.
Ciara lachte. "Ireland is called **the Emerald Isle**, don't forget", sagte sie. Dann deutete sie nach vorn. "I wish we knew where they were going."
"Let's wait and see", meinte Britta.
Nach einer guten halben Stunde erreichten sie Killarney. Die Kutsche vor ihnen bog in die Hauptstraße ein, die in die Stadt hineinführte.

---

straight direkt
sense Sinn
unbelievable unglaublich
shades Schattierungen
the Emerald Isle die Grüne Insel

"**As soon as** Luke leaves the car, you jump down and **follow** him, okay?", sagte Ciara.
Britta schaute zweifelnd.
"The other **option** is for you to **park** the jaunting car", sagte Ciara.
Britta griff sich in gespielter Verzweiflung an den Kopf. "All right, you've **convinced** me. I'll follow him."
Der Kutscher vor ihnen fuhr direkt zum Warteplatz für Jaunting Cars.
"They're making it easy for us", seufzte Ciara erleichtert.
Luke sagte noch etwas zu dem Kutscher und sprang dann auf die Straße.
Britta sprang ebenfalls vom Bock.
"Where will I meet you?", fragte sie Ciara.
"**Do you remember** where the tourist information office is?", wollte die Freundin wissen. Und als Britta nickte, fügte sie hinzu. "Let's meet there. But follow him until you can be sure he'll stay where he is for a while, okay?"
Britta nickte und heftete sich an Lukes Fersen.

---

as soon as sobald
follow folgst
option Möglichkeit
park parken
(have) convinced (hast) überzeugt
do you remember erinnerst du dich?

Die Verfolgung

Da Britta fürchtete, Luke könnte sie erkennen, achtete sie auf ausreichenden Abstand. Er lief eilig Richtung High Street und Britta musste zwischendurch rennen, um mit ihm Schritt zu halten.

Sie wechselte die Straßenseite. Zum Glück gab es im Moment kaum Touristen auf der Straße, sodass die Main Street relativ leer war. Vermutlich saßen die alle in ihren Bussen und bestaunten den viel gerühmten Ring of Kerry. Den wollte Aunt Emma auch noch mit Ciara und ihr abfahren. Die Küstenstraße war die Touristenattraktion des Gebiets. Aber Britta hatte jetzt keine Zeit, über touristische Ziele nachzudenken, denn Luke war urplötzlich wie vom Erdboden verschluckt.

Okay, sie hatte gerade mal einen kurzen Blick in ein Schaufenster riskiert, aber sie war sicher, dass Luke vor wenigen Sekunden noch auf der anderen Straßenseite entlanggegangen war. Sie sah sich gründlich um, aber der Partner von Ciaras Onkel war nirgends zu sehen. Ihr Blick scannte die Häuser ab: Es gab genau zwei Möglichkeiten, wo er verschwunden sein könnte – ein Pub und ein Wettbüro.

Britta überquerte die Straße und schlenderte an den beiden Eingängen vorbei. Leider hatte sie keine Chance, in das Pub zu schauen. Die Fenster waren dunkel und mit Gardinen verhängt. Zusätzlich hingen diverse Zettel in den Fenstern, die auf Veranstaltungen hinwiesen. Nicht gerade detektiv-freundlich. Britta zog einen Flunsch.

Unschlüssig stand sie vor dem Eingang des Gasthauses und überlegte, ob sie es wagen sollte hineinzugehen. Ein Pärchen kam eng umschlungen heraus. Von drinnen drangen Gelächter und laute Stimmen auf die Straße und Britta beschloss, es als Erstes mit dem Wettbüro zu versuchen.

Auch hier war ein Einblick unmöglich, denn die Schaufenster waren mit weißer, undurchsichtiger Folie beklebt. Nur die oberen zwanzig Zentimeter waren frei gelassen, was Britta leider überhaupt nichts nützte. Sie trat ein paar Schritte zurück, aber alles, was sie durch diesen Spalt erkennen konnte, waren Monitore, die an der Decke hingen. Es wurde gerade ein Pferderennen übertragen.

Unschlüssig trat Britta von einem Fuß auf den anderen. Wenn doch nur Ciara hier wäre; sie wüsste, was sie tun könnten. Es war nicht weit zur Tourist Information, aber weit genug, dass Luke ihnen entwischen könnte. Andererseits nutzte ihnen die augenblickliche Situation auch nichts.

Britta gab sich einen Ruck und wandte sich ab. Sie rannte fast den ganzen Weg zum Treffpunkt und winkte Ciara zu, die wie vereinbart wartete.

“Did you follow him?”, wollte Ciara wissen.

Britta konnte nur nicken, denn sie war völlig außer

Atem. Sie deutete Richtung High Street und versuchte mit den Händen zu erklären, dass Luke in ein Haus gegangen war.

"I can't understand a word", meinte Ciara.

"**Pub**", keuchte Britta.

"**Catch your breath** first", sagte die Freundin.

Sie liefen den Weg etwas langsamer zurück, bis Britta wieder einigermaßen Luft bekam.

"He went **either** into a pub **or** into a betting office", sagte sie, als sie wieder atmen konnte. "Sorry, I almost **lost** him", fügte sie zerknirscht hinzu.

"No problem", erwiderte Ciara. "You can't **really** lose **somebody** in a town this small."

Als sie vor dem Pub angelangt waren, schaute Britta Ciara fragend an.

"What shall we do now?", meinte sie. "We can't stand here for hours and wait for him, can we?"

"No, we can't", stimmte Ciara zu. "That's why we have to go in. You stay here", sagte sie. "I'll look inside to see if he's in there."

Schon kurz darauf kam sie wieder heraus und schüttelte den Kopf.

---

pub Kneipe
Catch your breath. Komm wieder zu Atem.
either ... or entweder ... oder
lost habe verloren
really wirklich
somebody jemanden

"He's not in there", erklärte sie überflüssigerweise. Also blieb nur das Wettbüro.
"What now?", fragte Britta.
"I'll do the same here", erwiderte Ciara und zeigte auf die benachbarte Tür.
Als Ciara das Wettbüro wieder verließ, konnte Britta schon an ihrer Miene erkennen, dass sie Luke gefunden hatte. "Did he see you?", fragte sie.
Ciara schüttelte den Kopf. "No. I saw him immediately, standing in a corner. He was talking to one of the other **men**. I wonder whether he'**s** betting or **fixing a race**."
Britta schaute sie fragend an.
"I **thought about it** while I was waiting for you", begann Ciara. "He breeds racing dogs, right?"
Britta nickte zustimmend.
"So he knows the dogs quite **well**. And he should know the **competition**, too."
Britta sah sie verständnislos an.
"Maybe he didn't steal the dog, but **he is trying** to make money from the **theft**", erklärte Ciara.

---

men Männern
is fixing a race manipuliert ein Rennen
thought about it habe darüber nachgedacht
well gut
competition Konkurrenz
he is trying er versucht
theft Diebstahl

“I don’t understand”, meinte Britta verwirrt. Hatte er den Hund nun gestohlen oder nicht?
“He might be trying to fix races”, sagte Ciara erneut. “He knows his dog can’t run, so he isn’t going to win the race. So, Luke might be trying to …”
Weiter kam Ciara nicht, denn Britta zog sie so heftig am Ärmel, dass sie stolperte.
“Hey!”, rief sie empört, aber Britta zischte ihr ein “Psst” zu. Sie zog sie vom Laden weg und flüsterte: “Luke just came out.”
Sie wandten sich dem nächsten Laden zu, der dummerweise Malerzubehör verkaufte, nicht gerade etwas, was Mädchen ihres Alters interessieren würde. Aber Britta vertraute darauf, dass auch irische Erwachsene nicht auf Kinder achteten. Sie zeigte auf einen Farbeimer und rief: “Look at this.”
“**Amazing**”, erwiderte Ciara ironisch und wandte sich vorsichtig um.
“He went the other way”, gab sie dann Entwarnung. Unschlüssig sahen sie ihm nach.
“What shall we do now?”, wollte Britta wissen.
“Let’s follow him”, entschied Ciara. “Maybe we’ll find out something interesting.”

---

amazing erstaunlich

Besuch bei den Roma

Nachdem sie ihm zwei Stunden nachgeschlichen waren, musste Ciara einsehen, dass Luke sich entweder sehr vorsichtig verhielt oder tatsächlich nichts zu verbergen hatte, jedenfalls im Moment nicht. Er ging in mehrere Wettbüros. Die meisten schützten ihre Kunden vor neugierigen Blicken, andere dagegen machten kein Geheimnis aus ihrem Geschäft, sodass die Mädchen alles von außen beobachten konnten.

Soweit Britta das beurteilen konnte, spielte er nicht, sondern traf nur Bekannte, mit denen er eine Weile redete.

“I wish we could hear what they’re talking about”, sagte Ciara jedes Mal.

“Maybe he’s asking people if they’ve heard anything about the stolen dog”, gab Britta schließlich zu bedenken. “Just because you don’t like him doesn’t mean he’s a bad guy”, fuhr sie fort.

“You’re right”, gab Ciara seufzend zu. “And following him won’t bring Golden Racer back, right?”

Britta nickte erleichtert. Sie hatte das Herumlungern auf Killarneys Straßen satt. Außerdem knurrte ihr der Magen. Ein Blick auf ihre Armbanduhr zeigte ihr, dass es bereits nach sechs war.

“We should go home, anyway”, sagte sie und zeigte Ciara die Zeit.

"Good Lord, **I didn't realize** it was that late", rief diese. "Aunt Emma will be **mad** at me."
Sie liefen zurück zu den Jaunting Cars. Außer ihrer stand nur noch eine weitere Kutsche auf dem Platz.
Ciara fuhr auf direktem Weg nach Muckross zurück. Sie schwiegen eine Weile, doch dann sagte Ciara: "Maybe it was the travellers after all."
"You don't really believe that, do you?", wollte Britta wissen.
"No", gab Ciara zu. "But we can't be sure. We should check on them again tomorrow."
"I thought they didn't like **visitors**", warf Britta ein.
"That's true, but I have an idea." Ciara erklärte Britta ausführlich, wie sie sich den Besuch vorstellte. Doch Britta war nicht sehr überzeugt.
"I don't know", sagte sie zweifelnd.
"It's worth a **try**", gab Ciara zurück und schnalzte mit der Zunge. Das Pferd fiel in Galopp, und zwanzig Minuten später fuhren sie auf den Hof der Maguires. Sie versorgten das Pferd, brachten die Kutsche in die Scheune und wuschen sich die Hände.

Am nächsten Morgen nieselte es und war unangenehm kühl. Britta schauderte, als sie das Fenster zum

---

I didn't realize ich habe nicht gemerkt
mad wütend
visitors Besucher(innen)
try Versuch

Lüften öffnete. Insgeheim hoffte sie, das schlechte Wetter würde Ciara von ihrem Vorhaben abhalten, aber sie lernte bald, dass es in Irland kein schlechtes Wetter gab, höchstens die falsche Kleidung.

Eingepackt in Pullover und Regenjacke fuhren sie eine Stunde später mit den Fahrrädern zum Lager der Roma. Mit klammen Fingern hielt Britta den Fahrradlenker fest und versuchte, ihre nassen und kalten Oberschenkel zu ignorieren. In der Zwischenzeit hatte es zwar zu regnen aufgehört, aber dafür hing jetzt feuchter Nebel zwischen den Bäumen.

Sie seufzte erleichtert, als sie den Hügel erklommen hatten, von dem aus man Einblick in das Lager hatte. Ciara hatte angehalten und warf einen Blick auf die Wohnwagengruppe. Inzwischen hatte es aufgehört zu nieseln und stellenweise riss die Wolkendecke ein wenig auf.

"Do you still want to go?", wollte Britta wissen.

Ciara nickte. "It's the only way to find out", antwortete sie. "Are you ready?"

Britta zögerte. Aber sie wusste, die Freundin würde das notfalls alleine durchziehen, deshalb sagte sie: "I'm ready."

Sie fuhren diesmal auf der Straße hinunter und näherten sich dem Lager ganz offen. Zwei Hunde liefen ihnen laut bellend entgegen, aber Ciara meinte nur, Britta solle die Köter gar nicht beachten, die

täten nichts. Tatsächlich sprangen die beiden Tiere zwar hysterisch kläffend um sie herum, näherten sich aber nicht mehr als auf einen halben Meter. Ihr Gebell ließ die anwesenden Menschen zusammenlaufen.

"Hello, good morning", rief Ciara und setzte ihr strahlendstes Lächeln auf.

Britta wünschte ebenfalls "Good morning" und lächelte. Die Mienen der Roma dagegen blieben abweisend.

"What do you want?", wollte ein Mann wissen.

Ciara lehnte ihr Rad an einen Baum und sagte: "As you probably know, school begins next week." Sie machte eine Pause, doch keiner der Umstehenden reagierte. Sie fuhr fort: "We always have a small **event** in the first week and I thought – I mean, the **headmaster** would like to invite you."

Britta hatte die Luft angehalten und wartete nun auf die Reaktion der Leute. Sie hatten vor dem Frühstück noch einmal darüber diskutiert, ob das glaubwürdig klang. Ciara hatte ihre Idee verteidigt, während Britta auch jetzt noch das Gefühl hatte, es klang zu offensichtlich nach einer Lüge.

"Want some **weird** people to **stare at**?", fragte eine

---

event Veranstaltung
headmaster Schulleiter
weird seltsam
stare at anstarren

alte Frau spöttisch. Als sie lachte, sah Britta, dass sie kaum noch Zähne im Mund hatte.
“No, of course not”, beeilte Ciara sich zu sagen. “It’s just an invitation.” Ihre Stimme klang unsicher.
“Why don’t you sit down and have a cup of tea with us?”, ertönte da eine freundlichere Stimme.
Alle wandten sich nach dem Mann um, der zwischen zwei Wohnwagen hervorgeschlendert kam.
“Thank you, sir.” Ciara bot offenbar alle Höflichkeit auf, zu der sie fähig war. Britta sah, dass die Freundin beinahe geknickst hätte. “That’s very kind of you.”
Die Stimmung entspannte sich augenblicklich. Offenbar war der Mann so etwas wie der Chef, denn alle taten plötzlich geschäftig und verschwanden in ihren Wohnwagen. Nur die zahnlose alte Frau starrte die Mädchen noch eine Weile misstrauisch an.
“Don’t scare them, Kate”, sagte der Mann und lachte. “They won’t do us any harm.”
Die Alte schnaubte, wandte sich aber schließlich ab und humpelte zu einem alten Wohnwagen.
“Sorry”, sagte der Mann zu Ciara und Britta. “She doesn’t like **strangers**. Please, sit down.” Er deutete auf einen Campingtisch, um den vier Stühle standen. “I’ll get us some tea.”
Während Britta und Ciara Platz nahmen, verschwand er im Wohnwagen und kam kurze Zeit später mit

---

strangers Fremde

drei Tassen, Milch und Zucker wieder heraus. "Tea's coming in **a couple of** minutes", sagte er.
Britta und Ciara hatten sich in der Zwischenzeit leise beraten, was sie tun sollten, und waren zu dem Ergebnis gekommen, sich an den Plan zu halten.
"Sorry", rief der Mann plötzlich. "I'm a **terrible** host. My name's Sam", sagte er. "And you are …?"
"I'm Ciara", sagte Ciara. "And this is Britta."
Britta sagte: "Hi, nice to meet you."
"She's from Germany", sagte Ciara erklärend. "Her English isn't that good." Sie hatten vorher vereinbart, dass Ciara das sagen sollte, damit Britta einen möglichst gelangweilten Eindruck machen könnte und so die Gelegenheit hatte, sich umzusehen.
"I see. She's here for a **visit**, is she?", fragte Sam, was Ciara bejahte.
Britta schaltete auf Durchzug. Sie wollte gar nicht wissen, welche Details sich Ciara für den angeblichen Event ausgedacht hatte. Sie schaute sich um, doch viel konnte sie von ihrem Platz aus nicht sehen.
"Can I walk around **a bit**?", fragte sie.
Sam zögerte, nickte dann jedoch und meinte, "Yes, sure. **Keep away** from the dogs, okay?"

---

a couple of ein paar
terrible furchtbar
visit Besuch
a bit ein bisschen
keep away halte dich fern

Der verschwundene Junge

Britta schlenderte langsam zwischen den Wohnwagen umher. Aus den meisten ertönte Musik, aktuelle Popmusik, wie sie erstaunt feststellte. Sie hatte Gitarrenklänge erwartet, aber das war wohl auch nur wieder eines von vielen Vorurteilen.

Britta umkreiste den Lagerplatz und zählte insgesamt fünfzehn Wagen. Auf einer kleinen Lichtung stand eine Wäschespinne, an der frisch gewaschene Wäsche hing.

Britta fragte sich, wo die Roma die Wäsche wuschen, mitten im Wald gab es ja wohl kaum Strom oder fließendes Wasser. Doch die Frage wurde in der nächsten Minute geklärt, als sie auf einen Generator stieß, der hinter einem der Wohnwagen stand. Daneben eine riesige Tonne, offenbar ein Wassertank. Britta erinnerte sich von ihrem letzten Besuch an einen Bach ganz in der Nähe.

Sie stellte es sich romantisch vor, für ein paar Tage so zu leben. Aber ein ganzes Leben lang?

Britta fiel wieder ein, dass sie nicht nur zu ihrem Vergnügen hier war, sondern eine Aufgabe hatte. Sie musste den verschwundenen Hund suchen. Sie hatte auf ihrem Rundgang schon mehrere Hunde gesehen – auch sie waren ihr gegenüber freundlicher gestimmt –, doch ein Windhund war eindeutig nicht dabei.

Während Britta noch überlegte, wie sie herausfinden könnte, ob Golden Racer hier irgendwo versteckt wurde, hörte sie ein seltsames Geräusch. Es kam nicht von der Wohnwagengruppe, sondern von einem der niedrigen Büsche, die überall herumstanden. Britta hielt den Atem an und lauschte. Es klang wie … Wimmern!
Mit klopfendem Herzen schlich Britta zu dem Gebüsch. War es möglich, dass sie Golden Racer gefunden hatte? Das Wimmern könnte durchaus von einem Hund stammen, klang jedoch mehr nach einem Welpen als nach einem ausgewachsenen Tier.
Doch je näher Britta kam, desto sicherer war sie, dass das kein Hund sein konnte, der da wimmerte. Tatsächlich saß hinter dem Busch ein Mädchen, das bitterlich weinte und verzweifelt versuchte, dabei keinen Laut von sich zu geben.
“Sorry”, flüsterte Britta und wollte sich zurückziehen.
“It's okay”, antwortete das Mädchen zwischen zwei Schluchzern.
“Can I help you?”, fragte Britta und sah sich nach einer Sitzgelegenheit um. Das Mädchen saß auf dem Boden und schien die Feuchtigkeit nicht zu spüren. Britta nahm auf einem Baumstumpf Platz.
Das Mädchen schüttelte den Kopf. Plötzlich schien ihr aufzufallen, dass Britta eine Fremde war. Erstaunt schaute sie sie an und vergaß für eine Weile sogar zu weinen. “Who are you?”, fragte sie.

"My name's Britta. I'm here with my friend Ciara."
"I'm Maeve", sagte das Mädchen und lächelte einen Moment.
Britta gab sich einen Ruck und fragte: "Why are you crying?"
Das schien Maeve daran zu erinnern, dass sie traurig war, und eine wahre Tränenflut ergoss sich über ihr Gesicht.
Britta biss sich auf die Unterlippe. Wie dumm von ihr.
"I'm sorry", schluchzte Maeve und wischte sich die Tränen mit ihrem Ärmel von den Wangen.
"Nothing to be sorry about", meinte Britta. "Can I help you?", wiederholte sie ihre erste Frage.

"Find my little brother", sagte Maeve leise.
Britta stutzte. Hatte sie richtig gehört?
"What's the matter with your brother?", fragte sie.
"He's **disappeared**", schniefte Maeve.
Das erklärte Maeves Kummer. Britta nickte verständnisvoll.
"How old is your brother? What's his name?"
"Finn. He's nine", murmelte Maeve. "**Granny got** so mad at him that he ran away."
"Did you look for him?"
Maeve hob den Kopf und schaute sie empört an. "Of

(has) disappeared (ist) verschwunden
Granny Oma
got wurde

course we looked for him. We **searched** everywhere but we couldn't find him."
"I'm sorry, that was a stupid question", gab Britta zerknirscht zu. Schön blöd. War doch klar, dass die Familie schon alles abgesucht hatte. Was konnte sie nur tun, um Maeve zu helfen?
"You're not Irish, right?", fragte Maeve plötzlich.
Britta schüttelte den Kopf. "No, I'm German."
Maeve nickte, als habe sie eine Bestätigung erhalten. "I thought you had a **foreign accent**."
Aber Britta wollte jetzt nicht über ihre Aussprache diskutieren, es gab Wichtigeres zu tun.

---

searched haben gesucht
foreign ausländisch
accent Akzent

"When did you **last** see your brother?", fragte sie. "Finn, is that right?"
Maeve nickte. "Finn, yes. Last **time** I saw him was two days ago."
Zwei Tage? Britta war entsetzt. "Does he have any **hiding places**?"
Maeve zuckte mit den Schultern. "I don't know. **We've camped** here **several** times before, but I never **noticed** any hiding places." Sie wischte sich wieder mit dem Ärmel über die Augen. "But of course Finn never ran away before."
"Is there a **reason** why he ran away?"
"I guess so. I wasn't here when it happened. Maybe I could have stopped it."
"Stopped what?", hakte Britta nach.
"Finn did something that made our grandmother mad." Sie hob das tränenverschmierte Gesicht und starrte in die Ferne. "Granny's quite nice **most of the time** but sometimes she **gets** angry about nothing. One minute she's laughing with you and the

---

last zuletzt
time Mal
hiding places Verstecke
we've camped wir haben unser Lager aufgeschlagen
several mehrere
noticed habe bemerkt
reason Grund
most of the time meistens
gets wird

next she's shouting at you." Maeve seufzte. "Sam says she's just getting old."

"**What about** your parents?"

"My mother **died** just after Finn **was born** and my father is in jail", erwiderte Maeve, als sei das das Natürlichste von der Welt.

"I'm so sorry", sagte Britta. Im selben Moment hörte sie Ciara nach ihr rufen.

"I have to go now", sagte sie zu Maeve. "My friend's calling me. I wish I could help you find your brother."

"That's nice of you", meinte Maeve und zwang sich ein Lächeln ab. "But there's nothing we can do **ex-cept** hope he'll come back **soon**."

Britta legte eine Hand auf Maeves Arm. "Don't worry", sagte sie. "I'm sure he's okay and he'll come back **safe and sound**."

"I hope you're right." Maeve begann schon wieder leise zu schluchzen und wandte sich ab. Britta fiel es schwer, sie zurückzulassen.

---

what about was ist mit
died ist gestorben
was born geboren wurde
except außer
soon bald
safe and sound heil und gesund

Der Brief

Auf dem Heimweg erzählte Britta Ciara von dem verschwundenen Jungen. “And we’re worried about a dog”, sagte sie.
“Well, Golden Racer is almost like a son to Uncle Sean”, erklärte Ciara.
“I don’t think they’ve got him”, sagte Britta. “I searched all the possible hiding places. I haven’t been *in* the caravans, of course”, fügte sie hinzu. Sie lachte. “I just **remembered** a **brochure** that **offered** holidays travelling around Ireland in an old caravan.” Sie beschrieb mit der Rechten einen Halbkreis in der Luft. “What do you call the **kind** of caravan the travellers used to have?”, fragte sie die Freundin.
“I think you’re talking about **covered wagons**”, erwiderte diese. “Yes, you’re right. A lot of **travel agents** offer **those** holidays. They say it’s **romantic**.” Ihre Stimme verriet deutlich, was sie davon hielt. “Can’t see why”, sagte sie verächtlich.

---

remembered habe mich (daran) erinnert
brochure Broschüre
offered hat angeboten
kind Art
covered wagons Planwagen
travel agents Reisebüros
those *hier:* solche
romantic romantisch

"Well, it might be romantic if you know it's just for a few days", gab Britta zu bedenken. "I think it might be fun to have a **campfire** every evening and roast something over it."
"Right, very romantic to get wet almost every day and have nowhere to get dry again", sagte Ciara spöttisch.
Britta musste lachen. "And I thought you were **immune to** rain", rief sie.
Ciara starrte sie verständnislos an.
"Remember this morning?", sagte Britta. "It was raining when we **left** your aunt's house."
Ciara kicherte. "Pah", antwortete sie. "That was just **drizzle**, that's nothing."
"I can't see any **difference** between rain and drizzle", knurrte Britta. "I still got wet."
"You sound like a **spoilt** tourist", unkte Ciara und radelte schnell davon, bevor Britta auf sie losgehen konnte.
Kurz vor dem Hof der Maguires diskutierten sie noch einmal über den verschwundenen Finn und über Golden Racer. Beide fühlten sich in ihrer Ver-

---

campfire Lagerfeuer
immune to immun gegen
left verlassen haben
drizzle Nieselregen
difference Unterschied
spoilt verwöhnt

mutung bestätigt, dass doch Luke dahinter stecken musste. Als sie in den Hof hineinfuhren, bat Ciara Britta, ihren Besuch bei den Roma nicht zu erwähnen.

"**We're not allowed to** talk to them", sagte sie und setzte nach, als sie Brittas Gesichtsausdruck sah: "I know. It's **ridiculous** but that's how it is. They're not my **rules**."

Aber sie kamen gar nicht dazu, irgendetwas zu erwähnen, denn im Haus herrschte helle Aufregung. Emma, Ronan, Sinead und auch Sean waren in der Küche versammelt und redeten laut durcheinander.

"**What's going on?**", wollte Ciara von ihrem Cousin wissen.

"Sean **got** a **blackmail letter**", antwortete Ronan.

"What does it say?", wollte Britta wissen.

"They want fifteen thousand", sagte Ronan.

"Fifteen thousand what?", hakte Ciara nach. "Euros, **pounds**, eggs? What'll happen if Sean doesn't pay?"

"As far as I know it's euros, and they'll kill the dog if he doesn't pay, of course", sagte Ronan ernst.

---

we're not allowed to wir dürfen nicht
ridiculous lächerlich
rules Regeln
What's going on? Was geht hier vor?
got *hier:* hat erhalten
blackmail letter Erpresserbrief
pounds Pfund

Fünfzehntausend Euro? Britta dachte nach. Das klang auf den ersten Blick nach viel Geld, aber Golden Racer war viel mehr wert. Das konnte kein professioneller Dieb sein. Der müsste doch den Wert des Hundes kennen.
Ciara dachte offensichtlich dasselbe, denn sie sagte leise: "Doesn't sound very **professional** if you ask me."
Britta nickte nur. Dann fiel ihr etwas ein. "What about the police? Did they show the letter to the police?"
Ciara schüttelte den Kopf. "I don't think so. Sean doesn't trust them. He had some problems with them a couple of years ago", fügte sie erklärend hinzu.
Die Aufregung hatte sich inzwischen etwas gelegt, deshalb sagte Britta laut: "You should **show** the letter to the police or they won't be able to **identify** any **fingerprints**."
Sekundenlang herrschte atemlose Stille. Alle starrten Britta an. Sie fühlte, wie sie rot wurde.
"Britta's right." Ciara lächelte, stolz auf ihre kluge Freundin.
"**She's got a point**", räumte Emma ein.

---

professional professionell
show zeigen
identify identifizieren
fingerprints Fingerabdrücke
She's got a point. Da ist was dran.

"**Nonsense**", warf Sean ein. "They won't do anything about it. And I'm sure they won't take fingerprints."
"How do you know?", wollte Ronan wissen.
"I know", gab Sean patzig zurück.
"How many of you have touched the letter?", fragte Britta, die einen furchtbaren Verdacht hatte, als sie den abgegriffenen Zettel auf dem Küchentisch liegen sah.
Wieder schwiegen alle für Bruchteile von Sekunden, nur um dann alle auf einmal zu reden. Erst als Emma laut "**Shut up**, all of you, **for God's sake**!", rief, kehrte wieder Ruhe ein.

"Britta's an **experienced** detective", sagte Ciara grinsend. "You should listen to her."
Britta lief erneut rot an und warf der Freundin einen warnenden Blick zu.
"Well, it's true", flüsterte diese.
"Okay", übernahm Aunt Emma das Kommando. "Who's touched the letter? **Raise** your hands."
Außer Britta und Ciara hoben alle die Hände; Sean und Emma sofort, Ronan und Sinead erst nach einem gewissen Zögern.

---

nonsense Unsinn
Shut up! Klappe halten!
For God's sake! Verdammt noch mal!
experienced erfahren
raise hebt

"All of us", sagte Emma resigniert. "I guess that's not very useful." Sie warf Britta einen fragenden Blick zu.

"Well", sagte diese zögernd. "It probably **depends on** where you've touched it. If you took it like this …" sie hob den Brief vorsichtig mit spitzen Fingern vom Tisch auf, "… there's still hope. But if …"

"Forget it", mischte Ronan sich ein. "I **smoothed it out**."

"You are so stupid", rief Sinead. "You**'ve** probably **wiped off** all the fingerprints."

"You're not much better", gab Ronan seiner Schwester zurück. "I saw you hold the letter up **against** your nose. That's not so clever either."

Britta, die den Brief immer noch zwischen ihren Fingerspitzen hielt, hob ihn an ihre Nase. Das Papier war parfümiert. Das war eigenartig, denn es handelte sich um ganz normales, weißes Schreibmaschinenpapier, wie man es in jedem Kaufhaus oder Schreibwarenladen kaufen konnte. Dennoch ging ein Parfümgeruch von dem Zettel aus. Der Duft kam ihr irgendwie bekannt vor, aber sie konnte sich nicht daran erinnern, woher.

"Can I see it?", fragte Ciara.

---

depends on hängt davon ab
smoothed it out habe ihn glattgestrichen
(have) wiped off (hast) abgewischt
against an

Der Fluch

Britta nahm den Zettel in beide Hände. Es war sowieso zu spät, die Polizei würde nichts Verwertbares mehr finden, selbst wenn Sean ihr den Brief übergeben würde.

"It smells of **perfume**", sagte sie zu Ciara.

Die Freundin nahm den Zettel und schnupperte daran.

"You're right", bestätigte sie. "Smells **familiar somehow** but I can't remember why."

"Me neither." Britta schaute sich die Gesichter der Umstehenden an, doch bei keinem erinnerte sie sich an einen speziellen Geruch, jedenfalls nicht nach Parfüm. Emma roch morgens meist nach frischer Kernseife, gegen Abend eher nach Schaf und Pferd. Dasselbe galt für Ronan und Sinead. Sean dagegen roch eindeutig nach Hund.

Sie bat Ciara erneut um den Brief und schaute sich die Schrift an. Er war maschinengeschrieben und die Unregelmäßigkeit der Buchstaben deutete auf eine Schreibmaschine hin, nicht auf einen Computerausdruck. Das musste aber nichts heißen.

"Look at this", sagte Britta aufgeregt, als sie den Text noch einmal las. "There are some mistakes in it."

---

perfume Parfüm
familiar bekannt
somehow irgendwie

Sie wies Ciara auf zwei gravierende Fehler hin. "Even I would have done this better", sagte sie.
"Maybe they **wrote** it like this **on purpose**", erwiderte Ciara. "Maybe they want us to believe they're stupid, to put us on the wrong track."
Britta musste ihr Recht geben. Es sah alles so unprofessionell aus.
Emma, Sean, Ronan und Sinead diskutierten heftig darüber, wo sie die fünfzehntausend Euro hernehmen sollten.
Britta zupfte Ciara am Ärmel und flüsterte ihr zu: "We can't do anything right now. I don't have any money, at least not enough. Shouldn't we help to find Finn?"
Ciara schaute sie unschlüssig an. "How are we supposed to find a nine-year-old boy?", wollte sie wissen. "They've searched the whole area, haven't they?"
Britta nickte. "Yes, they have. But a child is more important than a dog, right?" Als sie Ciaras Blick sah, fügte sie hinzu: "Yes, I know Golden Racer is important to your uncle, but he's a dog. Finn is a **human being**."
Ciara starrte sie noch einen Augenblick lang an, dann schüttelte sie den Kopf, als könne sie selbst nicht

---

wrote haben geschrieben
on purpose absichtlich
human being Mensch

glauben, dass sie einen Hund für wichtiger hielt als einen Jungen. “You’re right, of course”, sagte sie und fügte grinsend hinzu: “Again.”

Sie verließen die Küche. Draußen fragte Ciara: “Do you have a plan?”

“I thought we could go back to the travellers and ask a few questions”, schlug Britta vor.

Sie nahmen die Fahrräder und fuhren den Weg zurück, den sie vor einer guten Stunde gekommen waren. Sie fuhren direkt zum Lager der Roma und suchten nach Sam. Die Hunde schienen sie wiederzuerkennen, denn sie wurden nur kurz beschnuppert und offenbar für uninteressant befunden. Sam dagegen war nirgends zu sehen.

“Where did you meet that girl?”, fragte Ciara.

“Behind one of those caravans”, antwortete Britta und deutete auf zwei Wohnwagen. “I can’t remember which one.”

“Let’s try this one first”, beschloss Ciara und klopfte an der Tür des linken Wagens. Nichts rührte sich. Sie zuckte die Achseln und ging zum anderen, gefolgt von Britta. Auch dort klopfte Ciara. Erst schien es, als sei auch dieser Wagen leer, doch dann hörten sie Schritte. Die alte zahnlose Frau steckte den Kopf durch einen Türspalt und starrte sie böse an.

“Ex… excuse me, **ma’am**”, stotterte Ciara. “I …

---

ma’am (madam) gnädige Frau

we're looking for Maeve. Do … do you know her?"
"Sorry, Miss Kate", sagte Britta. "My friend and I were here this morning – maybe you remember us? We wanted to invite you to the school event next week." Sie wartete kurz ab, ob ihre Worte eine Reaktion hervorrufen würden, und als nichts geschah, fuhr sie fort: "I **met** a girl this morning. Her name was Maeve, and she told me that her little brother had disappeared." Der starre Blick der alten Frau konnte einen ganz schön kirre machen. Britta atmete tief durch und sagte tapfer: "We thought we could try and help you find him."
Es dauerte ein paar Sekunden, in denen nichts geschah, dann sagte Kate mit knarzender Stimme: "**Leave us alone.**" Es klang wie ein Befehl.
Ciara trat ein paar Schritte zurück und zog Britta mit sich.
"Sorry, ma'am, we didn't want to **disturb** you", sagte sie und ihre Stimme zitterte. "It was a stupid idea."
Britta wehrte sich gegen Ciaras ziehende Hand. Sie ignorierte auch, dass die Freundin flehentlich flüsterte: "Let's go. Please, let's go."

---

met habe kennengelernt
Leave us alone. Lasst uns in Ruhe.
disturb stören

"You must know Maeve", insistierte Britta gegenüber Kate. "You know everybody here." Sie beschrieb mit dem Arm einen Kreis. "And you must know her brother, too; I think his name was Finn."

"Leave us alone", wiederholte Kate und verursachte eine Gänsehaut bei Britta. Egal, so leicht ließ sie sich nicht einschüchtern.

Ciara hatte endlich aufgehört, an Brittas Hand zu zerren, wiederholte jedoch ihre drängende Bitte, endlich zu gehen. Doch bevor Britta erneut etwas sagen konnte, richtete Kate ihren Blick auf Ciara und rief etwas Unverständliches.

"Oh God!", stöhnte Ciara hinter ihr. Britta drehte sich um, denn sie dachte, Ciara sei hingefallen. Aber die Freundin hielt nur die Hände vor das Gesicht und zitterte am ganzen Körper.

"Ciara?", rief Britta voller Panik und schüttelte sie. "What's wrong?"

"She'**s cursed** us!", rief Ciara voller Panik und wandte sich um.

"What?" Britta verstand kein Wort. Sie wandte sich fragend zu Kate um, doch die alte Frau war im Wohnwagen verschwunden und hatte die Tür geschlossen.

"What does that mean?", wollte sie von Ciara wissen, die völlig hysterisch schluchzte. Als sie nicht

---

(has) cursed (hat) verflucht

antwortete, schüttelte Britta die Freundin heftig und rief: “**Pull yourself together!**”, und es war ihr egal, ob das nun korrektes Englisch war oder nicht.
Ciara nahm endlich die Hände vom Gesicht und starrte Britta böse an. “It's your **fault**!”, rief sie wütend.
Britta ließ sie los. “Okay, it's my fault”, sagte sie gleichmütig. “But could you please **explain** what happened?”
“She's cursed us!”, schrie Ciara und zeigte mit dem Finger auf Kates Wohnwagen.
“Sorry, I don't understand.” Britta hob beide Arme. “I don't know what *curse* means.” Sie schaute die Freundin entschuldigend an.
Für einen Moment vergaß Ciara ihre Panik. Sie wischte sich die Tränen aus dem Gesicht und sagte ruhig: “**She's cast a spell on us.**” Sie schaute Britta fragend an, doch die verstand immer noch nicht.
Ciara seufzte und sagte: “She used magic. Something horrible is going to happen.” Sie begann erneut zu weinen. “I want to go home”, sagte sie und drehte sich um.
Endlich hatte Britta kapiert. Kate sollte sie verflucht haben? Das war doch lächerlich!

Pull yourself together! Reiß dich zusammen!
fault Schuld
explain erklären
has cast a spell on … hat … verhext

“Wait!”, rief sie Ciara hinterher. Aber die Freundin war schon bei den Fahrrädern und schob ihres hektisch Richtung Straße.
“Ciara, **for heaven’s sake**, wait for me!”, schrie Britta und Ciara blieb tatsächlich stehen.
“You don’t really believe that, do you?”, wollte Britta wissen, als sie sie erreicht hatte.
“They’re tinkers, they know how to use magic”, rief Ciara.
“I don’t believe it”, erwiderte Britta fassungslos. “Don’t tell me you believe in this … this **crap**?”, stieß sie hervor. “Who was it who said this morning that it was all **prejudice**?”
Ciara schwieg.
“Ciara, please!”, begann Britta einen neuen Versuch. “We live in the twenty-first **century** and this is not a Harry Potter film, it’s **real life**. There are no magicians or witches, and nobody can cast a spell on you.”

For heaven’s sake! Um Himmels willen!
crap Blödsinn
prejudice Vorurteile
century Jahrhundert
real life Wirklichkeit

Das Glück der Erde …

Was Britta auch tat oder sagte – Ciara ließ sich nicht davon abbringen, dass sie verflucht waren. Dummerweise konnten sie keinen einweihen, denn obwohl Ciara furchtbare Angst hatte, wollte sie doch nicht, dass ihre Tante oder sonst wer von ihrem Besuch bei den Roma erfuhr.

Britta fand das Verhalten ihrer Freundin völlig unverständlich. Sie erkannte Ciara kaum wieder. Doch sie machte sich allmählich Sorgen um sie, denn Ciara steigerte sich immer mehr in ihre Panik hinein und war mit den Nerven am Ende.

Britta konnte es schließlich nicht mehr ertragen und verließ das Haus. Sie schlenderte zu den Weiden, wo die Pferde friedlich grasten. Eines kam gemächlich angelaufen und begrüßte sie mit einem leisen Schnauben.

"Hi", sagte Britta. "I wish you could do something for Ciara", murmelte sie und kraulte das weiche Pferdemaul. Das Pferd nickte und Britta schaute verblüfft zu ihm auf. Natürlich! Wenn jemand helfen konnte, dann ein Pferd. Und so hätte die abendliche Quälerei von Ciara wenigstens einen Sinn gehabt.

"Du bist ein Schatz!", rief sie auf Deutsch, obwohl das Pferd vermutlich nur Englisch verstand, und gab ihm spontan einen Kuss auf die Nüstern. Sie rannte zurück zum Haus und lief in ihr gemeinsames Zimmer.

"Hey, lazybones", rief sie und versuchte, ihre Stimme möglichst neutral klingen zu lassen. "**How about going for a ride**?" Sie wartete ein paar Sekunden auf eine Reaktion, und als keine kam, fuhr sie fort: "I'd like to **try** it **out**."
Ihr wurde fast schlecht bei dem Gedanken, auf einem Pferderücken durch die Gegend zu schaukeln, womöglich traben oder galoppieren zu müssen, doch wenn es die Freundin auf andere Gedanken brachte, war es das Opfer wert.
"**You can't be serious**", ließ sich Ciara da vernehmen und schaute sie ungläubig an.
"Yes, I am", beharrte Britta. Jetzt erst recht, denn es schien die gewünschte Wirkung zu haben.
"You mean a ride on a horse?", hakte Ciara nach und erhob sich langsam.
Britta nickte tapfer. War sie sich wirklich sicher? Aber als sie ein Lächeln auf Ciaras Gesicht sah, gab es keinen Zweifel. Sie nickte heftig. "Yes, of course. What else would we ride on?"
"Wow", erwiderte Ciara. "**I don't recognize you**."
Ich mich auch nicht, dachte Britta und schlüpfte in feste Schuhe.

---

how about wie wär's mit
going for a ride reiten gehen
try out ausprobieren
You can't be serious. Das ist doch nicht dein Ernst.
I don't recognize you. Ich erkenne dich nicht wieder.

Sie gingen zum Stall. Mit weichen Knien sah Britta zu, wie Ciara zwei Pferde von der Weide holte, sie sattelte und das Zaumzeug anlegte.
"Are you ready?", fragte Ciara.
Britta nickte tapfer. Jetzt gab es kein Zurück mehr. "Yes, I'm ready."
Sie stieg in den Sattel, wie die Freundin es ihr beigebracht hatte. Das Pferd schien ihre Unsicherheit zu spüren, denn es hielt absolut still.
"Don't worry", sagte Ciara. "Sandy's a very nice horse. She won't do anything **unexpected**. Just remember what I told you."
Britta hielt sich krampfhaft am Zügel fest, erinnerte sich aber daran, dass sie genau das nicht tun durfte, weil sie dem Pferd damit wehtat.
"Sorry, Sandy", murmelte sie und lockerte ihren Griff.
"We'll start very slowly so you can get used to it, okay?", schlug Ciara vor.
Britta nickte. Langsam ritten sie vom Hof. Als sie auf die Straße kamen, dachte Britta voller Panik an die Autos, die vorbeirasen würden, doch schon nach ein paar hundert Metern bogen sie in einen Seitenweg ein. Britta entspannte sich etwas. Es ging besser als erwartet und Sandy schien wirklich ein geduldiges Pferd zu sein.

---

unexpected unerwartet

Sie ritten schweigend nebeneinander her.
"I like it", sagte Britta nach einer Weile und diesmal meinte sie es wirklich so.
"Great!", erwiderte Ciara. Ihre Augen leuchteten. Sie schien den Vorfall mit Kate vergessen zu haben.
Sie ritten durch einen kleinen Wald, in dem es nach feuchtem Laub, Moos und Erde roch.
"I love this smell", sagte Ciara und sog die Luft ein.
"Me too", sagte Britta. Dann schlug sie sich plötzlich an die Stirn. Als sie Ciaras erstaunten Blick sah, sagte sie: "I'm so stupid! I've just realized who wrote the blackmail letter. I remember the perfume."
Ciara hielt ihr Pferd an und schaute sie erwartungsvoll an.
"It's Luke", sagte Britta.
Ciara dachte nach, sagte dann: "How do you know? Does he use perfume?"
"Not perfume, but an **aftershave** that smells very sweet", erklärte Britta. "Do you remember when we met him in his office? The smell was quite **strong**." Sie schloss die Augen und rief sich die Szene noch einmal ins Gedächtnis. Dann bekräftigte sie: "Yes, I'm ninety-nine **per cent** sure it was him."

---

aftershave Rasierwasser
strong stark
per cent Prozent

"But why would he make those silly mistakes in the letter?", fragte Ciara.

"To make us think someone else **had written** it", vermutete Britta. "After all, he knows Sean and Emma **suspect** the travellers. Maybe he wanted it to look as if they were right."

Sie ritten weiter und diskutierten eine Weile darüber. In der Tat deutete alles auf Seans Partner hin. Britta ließ keinen Zweifel an ihrer Überzeugung, dass der Brief nach Lukes Rasierwasser roch.

"We should tell Emma about this", schlug sie vor.

"Yes, we should", stimmte Ciara zu. "But before we go home I want to show you something." Sie schaute Britta geheimnisvoll an. "It's one of my favourite places and we're very close. It would be **a shame** not to see it."

Britta willigte ein. Eine halbe Stunde mehr oder weniger machte nun auch nichts mehr aus.

Sie ritten noch ein Stück durch den Wald, dann verließen sie ihn und Ciara steuerte auf einen kleinen Hügel zu.

"We can ride for about half a **kilometre**, then we have to climb a bit", sagte sie.

Britta seufzte. Sie hatte sich inzwischen zwar halb-

(had) written (hatte) geschrieben
suspect verdächtigen
a shame schade
kilometre Kilometer

wegs an das Sitzen im Sattel gewöhnt, war auch schon mal ein winziges Stück getrabt, aber musste sie das gleich mit einer Bergtour toppen? Doch ihre Befürchtungen waren überflüssig; es ging nur leicht bergan und die Stute stieg den Hügel genauso trittsicher empor, wie sie vorher auf dem flachen Gelände gelaufen war. Britta entspannte sich und begann die Aussicht zu genießen.

"Wait until we're **at the top**", sagte Ciara, als Britta sie darauf aufmerksam machte. "It's one of the best views in this area."

Als der Weg in einen schmalen Trampelpfad mündete, stiegen sie von den Pferden und banden diese lose an einem Busch fest. Während sie langsam den Hügel erklommen, erkannte Britta augenblicklich die Vorzüge des Reitens. Schwer schnaufend sagte sie: "Who would have thought I'd ever wish I were on a horse."

Ciara lachte. "I knew you'd like it. It's not far now. Just around the corner."

Tatsächlich erreichten sie nach ein paar Metern eine Abzweigung. Der Trampelpfad führte weiter hinauf auf den Berg, doch Ciara bog nach rechts ab und folgte einer kaum sichtbaren Spur auf dem Boden. Sie mussten einen großen Steinblock halb umrunden und standen dann auf einem winzigen Plateau.

Der Ausblick war atemberaubend. Staunend schaute

---

at the top oben

Britta auf die drei Seen, die zu ihren Füßen lagen und in der Nachmittagssonne silbern glitzerten. In der Ferne lagen dunkle Hügelketten, über denen dicke Wolkenbänke hingen.
"Just like the postcards", sagte Ciara spöttisch.
"It's amazing", sagte Britta.
"There's something else I want to show you", meinte Ciara und wandte sich um. Sie bog einen der Sträucher um und gab den Blick auf einen Höhleneingang frei.
Britta dachte an Schottland, wo sie ebenfalls eine Höhle entdeckt hatten. "**Another secret passage**?", fragte sie.

Ciara schüttelte den Kopf. "No, it's a cave, just big enough for you and me." Sie betrat die Höhle und hielt den Strauch für Britta zur Seite.
"Pooh, what a **nasty** smell", sagte diese und hielt sich die Nase zu.
Auch Ciara rümpfte die Nase und stieß plötzlich einen spitzen Schrei aus. Britta trat einen Schritt näher: Auf dem Boden lagen eine Decke und ein Kissen. Da hatte sich jemand häuslich niedergelassen.

---

another noch ein
secret passage Geheimgang
nasty widerlich

Eine erstaunliche Entdeckung

An Brittas innerem Auge zogen Bilder von einem ausgebrochenen Häftling vorbei, aber Ciara ließ ihr keine Zeit für abenteuerliche Fantasien.

"Let's **explore**", sagte sie und kroch in die Höhle hinein. Britta ging am Eingang in die Hocke und beobachtete Ciara.

"That's interesting", murmelte die Freundin nach wenigen Augenblicken. "Look what I've found."

Es war ein Häufchen, schon leicht angetrocknet. "Dog shit?", riet Britta.

Ciara nickte. "I think so. There's more here. **Whoever** lives here should **clean** the place. It's not just dirty and **smelly**, it's dangerous, too. You can catch all kinds of **diseases**."

Britta dachte nach, sagte dann: "I know it's **unlikely**, but do you think it's Golden Racer?"

Ciara zuckte mit den Schultern. "I thought the same thing, but it would be too good to be true, right? I don't …" Sie stoppte mitten im Satz und lauschte nach draußen. "Did you hear that?"

---

explore erforschen
whoever wer auch immer
clean sauber machen
smelly stinkend
diseases Krankheiten
unlikely unwahrscheinlich

Britta hörte zunächst nichts. Doch, da!
"Maybe it's the horses", sagte sie leise.
"Maybe", stimmte Ciara zu, aber ihr Ton verriet deutlich, dass sie das nicht glaubte. Sie kroch aus der Höhle und spähte nach unten.
"I can't see anybody but I can still hear something", sagte sie. "Let's hope whoever it is thinks the horses **belong to** someone who's climbing the hill." Sie schaute sich kurz um und machte Britta ein Zeichen, ihr zu folgen.
Britta hatte erwartet, dass sie um den Felsblock zurückgehen würden, um sich dort ein Versteck zu suchen, aber Ciara verließ das Plateau in die andere Richtung. Nach ein paar Schritten verbreiterte sich der schmale Trampelpfad.
"Let's wait here", flüsterte Ciara. Das Plateau war von der Stelle aus nicht zu sehen.
Mittlerweile waren Schritte und ein lautes Keuchen zu hören, außerdem eine Stimme.
"Don't pull so hard, Goldie."
Britta und Ciara schauten sich an. Die Stimme gehörte zu einem Kind. Finn? Ciara wollte losgehen, aber Britta hielt sie zurück.
"Wait until he's in the cave", flüsterte sie.
Ciara nickte. Atemlos warteten sie und versuchten aus den Geräuschen zu schließen, was das Kind gerade tat.

---

belong to gehören

"He's got a dog with him", sagte Britta leise. Sie war ganz sicher, dass es sich um den verschwundenen Romajungen handelte.
Das Keuchen wurde lauter, dann leiser und verstummte schließlich ganz. Auch die Stimme war nicht mehr zu hören.
"They're in the cave", stellte Ciara fest. "Let's go."
Sie schlichen zurück. Als sie auf dem Plateau standen, schauten sie sich an. Ciara deutete auf sich und dann auf die Höhle, anschließend auf Britta und das Plateau. Britta verstand: Während Ciara sich der Höhle näherte, sollte sie auf dem Plateau bleiben.
"Be **careful**", hauchte sie und drückte den Arm der Freundin.
Ciara ging in die Hocke und kroch langsam auf die Höhle zu. Britta hielt den Strauch zur Seite. Ein dunkles, gefährliches Knurren kam aus der Höhle.
Verdammt, daran hatten sie überhaupt nicht gedacht! Der Hund hatte natürlich ihre Witterung aufgenommen. Britta ließ vor Schreck den Strauch los, der daraufhin Ciara ins Gesicht schnellte.
"Ouch!", rief diese und hielt sich das rechte Auge zu.
"Sorry!", rief Britta.
"Don't come in!", kam die kindliche Stimme aus der Höhle. "Goldie will **attack** you and bite you."

---

careful vorsichtig
attack angreifen

“We’re not here to **fetch** you”, sagte Ciara und rieb sich das Auge. “Can I come in?”
“No”, kam die Antwort, aber es klang nicht sehr überzeugt. Das Knurren hatte aufgehört.
“Come on, let me in and we can talk”, schlug Ciara vor. Keine Reaktion aus der Höhle.
“What now?”, fragte Ciara.
“I don’t know. The dog might be dangerous. And you don’t know what kind of diseases it might have.”
“But the child can’t stay here. It’s too cold at night”, warf Ciara ein.
Sie beratschlagten, aber keine Idee wollte ihnen gefallen. Gerade als Ciara beschloss, in die Höhle zu kriechen, erschien ein dunkler Haarschopf am Eingang. Ein Kind mit tränenverschmiertem Gesicht starrte sie an. Es war der Junge mit der Salami.
“Hi”, sagte Britta spontan und lächelte ihn an. “You must be Finn.”
Der Junge nickte.
“I’m Britta, and this is my friend Ciara”, fuhr Britta fort. “We’re not here to take you back”, versicherte sie ihm noch einmal.
“Hungry”, sagte Finn.
Britta und Ciara suchten ihre Taschen ab. Ciara fand einen verschrumpelten Apfel, den sie für ihr Pferd mitgenommen hatte. Sie reichte ihn dem Jungen. Finn verschlang ihn mit wenigen Bissen.

---

fetch holen

"Water?", fragte er hoffnungsvoll.
Die Mädchen schüttelten den Kopf.
"No, sorry", sagte Ciara bedauernd. "We don't have any water. We **didn't expect** to find **anyone** here", fügte sie hinzu.
Britta überlegte fieberhaft, wie sie Finn dazu bewegen könnten, zu seiner Familie zurückzukehren. Außerdem war da immer noch der Hund. Er war verdächtig ruhig.

---

didn't expect haben nicht erwartet
anyone irgendjemanden

"Did you bring your dog with you?", fragte sie den Jungen.
Sofort wurde seine Miene misstrauisch.
"He's *my* dog", sagte er mit Nachdruck.
"Yes, sure", bekräftigte Britta. "He's your dog." Sie machte eine kleine Pause. "Can we see him? I love dogs", sagte sie.
Finn starrte sie sekundenlang an, als ob er prüfen wollte, ob sie das ernst meinte. Britta bemühte sich um einen freundlichen Gesichtsausdruck.
"Okay, **I'll get him**", sagte Finn schließlich. "But you're not allowed to touch him. He's dangerous. He'll **protect** me."

Die Mädchen versicherten ihm, dass sie nicht die Absicht hätten, seinen Hund anzufassen. Sie wollten ihn nur gerne einmal sehen.
Finn verschwand in der Höhle. Sie hörten seine Stimme, dann ein Knurren, dann schleifte etwas über den Boden. Finns kleines Hinterteil erschien zuerst, dann sein Rücken, dann sein Kopf.
Ciara und Britta hielten den Atem an. Würde der Hund sie anfallen?
Doch als der Kopf des Tieres auftauchte, schnappten sie beide hörbar nach Luft. Kein Zweifel: Es war Golden Racer.

I'll get him. *Hier:* Ich hole ihn.
protect beschützen

Gesucht und gefunden

"What a lovely dog", sagte Ciara, die als Erste die Sprache wiederfand.
"I call him Goldie", sagte Finn mit Besitzerstolz in der Stimme. Doch die Blicke, die er dem Hund zuwarf, ließen ahnen, dass er auch ein wenig Angst vor ihm hatte.
Goldie, oder vielmehr Golden Racer, sah etwas strubbelig aus, machte aber einen fitten Eindruck. Seine Augen waren klar und schauten sie aufmerksam an, als wollte er fragen: Und was nun?
Britta fragte sich, ob Finn den Hund mit der Salami gefüttert hatte.
"**May I** touch him?", fragte sie den Jungen.
Er zögerte, nickte dann jedoch. "But you have to be careful", warnte er.
Britta setzte sich auf den Boden und rutschte langsam auf den Hund zu. Trotz des struppigen Fells sah sie, dass er wunderschön war. Ein paar Tage intensive Pflege, und der Hund wäre wiederhergestellt.
Dasselbe galt für den Jungen. Ein heißes Bad, saubere Klamotten, etwas Vernünftiges zu essen und Finn wäre nicht mehr wiederzuerkennen.
Golden Racer schaute sie aufmerksam an, aber er wich keinen Millimeter zur Seite und knurrte auch

---

may I darf ich

nicht. Britta streckte langsam ihre Hand aus und hielt sie ihm hin. Graziös beugte er den Kopf nach vorne und beschnupperte sie. Dann leckte er mit seiner rauen Zunge über ihren Handrücken.

“He likes you”, sagte Finn erstaunt.

“Yes, he does. Like I said, I love dogs”, erwiderte Britta, selbst erstaunt über die Reaktion des Tieres. Sie hatte mit Hunden normalerweise nicht viel am Hut. Aber das Schwierigste stand ihnen noch bevor. Wie konnten sie Finn davon überzeugen, dass er zum Lager zurück und das Tier hergeben musste?

Britta warf Ciara einen Blick zu. Diese schien so ratlos wie sie selbst. Während Britta den Hund kraulte, dachte sie nach. Sie entschied sich für den direkten Weg. “Finn”, begann sie. “You're a **smart** boy, aren't you?” Der Junge nickte zögernd. Er schien zu ahnen, was kommen würde.

Britta deutete auf Golden Racer, der es sich zwischen ihr und Finn gemütlich gemacht hatte.

“This is not your dog. No, let me explain first”, sagte sie, als Finn etwas sagen wollte. “We know he's not your dog because he belongs to Ciara's uncle. **Did you know** he's a racing dog?”

Finn schaute den Hund an, schüttelte dann den Kopf. Ciara schaltete sich ein.

---

smart schlau
did you know hast du gewusst

"This dog is not a pet dog. He needs a lot of **exercise** every day. And he needs **special** food."
"I **fed** him", erwiderte Finn trotzig.
"Yes, I can see that", bestätigte Ciara freundlich. "You'**ve taken good care of him**." Sie legte einen Arm um den Jungen, was dieser geschehen ließ. "Look, you know you can't keep this dog, and you also know that you have to go back to your family."
"No!", rief Finn und riss sich los. "I won't go back. She hates me."
"Who hates you?", wollte Britta wissen.
"Granny", rief Finn und begann zu weinen. "She doesn't like dogs and she won't let me have one", schluchzte er.
"But you've got several dogs in your camp", wandte Ciara ein.
"Yes, but they belong to everybody. I want my own dog", erwiderte Finn.
"We need to find a **solution**", sagte Britta leise zu Ciara. "It's getting dark. They can't stay here another night."
Ciara nickte. Zu Finn sagte sie: "Will you stay here for a minute? We need to talk about this."

---

exercise Training
special besonders
fed habe gefüttert
(have) taken care of (hast) versorgt
solution Lösung

Der Junge nickte und schmiegte sich an den Hund, der ihn ohne zu knurren gewähren ließ. Britta sagte noch: “Your sister misses you.”
“You **spoke to** Maeve?” Finns Augen leuchteten.
“Yes”, bestätigte Britta. “I spoke to her. She’s very sad that you ran away. She was crying when I met her.”
Das löste bei Finn ebenfalls Tränen aus.
“It shouldn’t be difficult to persuade him to go home”, sagte Ciara, als sie ein paar Schritte entfernt stehen blieben, um sich zu beraten.
Sie diskutierten alle Möglichkeiten durch, kamen jedoch immer wieder zu demselben Schluss: “We need to talk to Emma.”
Da sie nicht sicher sein konnten, dass Finn und Golden Racer in der Höhle bleiben würden, beschlossen sie, dass Britta dem Jungen Gesellschaft leisten sollte, während Ciara nach Hause reiten und mit ihrer Familie reden würde.
“And someone will have to talk to his grandmother”, sagte Ciara. “Maybe Aunt Emma could convince her to let Finn have his own dog. One dog more or **less** can’t make a lot of difference, can it?”
Britta nickte. Es kam doch vor allem darauf an, dass Finn sagen konnte, es sei sein Hund.

---

spoke to … hast mit … gesprochen
less weniger

"Do you think Sean will be able to find him a dog to **replace** Goldie?", fragte sie Ciara.
"I think so", erwiderte die Freundin. "He knows so many breeders, it should be easy."
Die Mädchen umarmten sich zum Abschied. Ciara sollte auch Sandy mitnehmen, da Aunt Emma sicher mit dem Auto kommen würde.
"Ciara", rief Britta ihr nach, als sie den Trampelpfad hinunterlief. Die Freundin drehte sich um. "Bring a blanket", sagte Britta. "And something to eat and drink."
Ciara nickte und sauste davon, während Britta zu Finn zurückging. Den hatte das Zusammentreffen mit ihnen offenbar so erschöpft, dass er eingeschlafen war. Er lag mit dem Kopf auf dem Rücken von Golden Racer, der das geduldig ertrug.
Britta kroch in die Höhle, zog die Decke heraus und legte sie über Finn. Dann setzte sie sich leise neben die beiden und schaute zu, wie im Westen die Sonne hinter einer breiten Wolkenbank unterging. Britta streichelte den Kopf des Hundes und hoffte, dass es nicht allzu lange dauern würde.

Ciara musste im gestreckten Galopp zum Haus ihrer Tante geritten sein, denn bereits eine gute halbe Stunde später hörte Britta Stimmen. Sie stand auf

---

replace ersetzen

und schaute den Hügel hinunter. Tanzende Lichter bewegten sich auf sie zu und kurze Zeit später standen Ciara, Sean, Ryan und Emma vor ihr.

"**He's asleep**", flüsterte Britta ihnen zu.

"How's the dog?", wollte Sean wissen, was Britta ziemlich herzlos fand. So wertvoll der Hund auch sein mochte, Finn war doch sicher wichtiger als er. Doch dann erinnerte sie sich, dass Seans Zukunft von dem Hund abhing, und nahm es ihm nicht übel.

"The dog's fine", sagte sie. "He **behaved** very well."

Da sie nicht alle Platz auf dem winzigen Plateau hatten, führte Britta Sean zu dem Jungen und dem Hund.

Golden Racer wedelte heftig mit dem Schwanz und winselte freudig erregt, als er Sean erblickte. Davon wurde Finn wach. Er rieb sich die Augen und schaute sich erstaunt um. Dann fiel ihm ein, was geschehen war. Er umklammerte den Hals des Hundes.

Sean ging in die Hocke und sagte: "Hi, Finn. I'm Sean. This dog is mine. I think the girls have already told you that this is a special dog. He's supposed to run races."

Finn nickte schüchtern.

He's asleep. Er schläft.
behaved hat sich verhalten

"They told me that you'd like to have your own dog", fuhr Sean fort.

Wieder nickte Finn.

"Okay. I know someone who might give you a **puppy**. You can **take care of** it yourself and it will be your dog. What do you think of that?"

Finns Miene hatte sich bei dieser Aussicht aufgehellt, doch dann verfinsterte sie sich wieder.

"What?", wollte Sean wissen.

Britta wusste, was durch Finns Kopf ging, und sagte: "His grandmother probably won't let him have a dog of his own."

---

puppy Welpe
take care of versorgen

"Oh." Sean überlegte. Dann stupste er Finn sachte an und sagte: "You know what? I'll talk to your grandmother. Maybe she doesn't know much about dogs. I can tell her that your dog will protect you so that you're safe. How does that sound?"
In Brittas Ohren klang das sehr gut, doch Finn schien nicht so überzeugt. Er schaute Sean zweifelnd an. Diese Großmutter war anscheinend wirklich eine harte Nuss.
Sean machte Finn den Vorschlag, erst einmal nach Muckross zu fahren, wo es wärmer und bequemer sei als hier auf dem Hügel. Zögernd stimmte Finn zu.
Britta nahm ihn an der Hand, während Sean sich um Golden Racer kümmerte.
"He looks really good. You know how to take care of a dog", sagte er anerkennend zu Finn, der sofort zu strahlen begann.
Der Rest der Familie hatte etwas weiter unten gewartet. Britta nahm dankbar einen Becher mit heißem Tee und warf sich eine Decke über die Schulter. Finn trank und verschlang gierig zwei Sandwichs. Eine Decke lehnte er jedoch ab.
Am Fuß des Hügels stand der Jeep von Sean, in dem sie zurück zum Haus fuhren, wo sie mit großem Hallo begrüßt wurden. Während Emma Finn in die Badewanne steckte und Sean Golden Racer versorg-

te, saß der Rest der Familie in der Küche und debattierte, wie es jetzt weitergehen sollte.
Für Ciara und Britta war es keine Frage, dass sie Finn heute noch zurück zum Lager bringen und mit seiner Großmutter sprechen wollten. Man musste ihr klarmachen, dass Finn immer wieder weglaufen würde, sollte er keinen eigenen Hund bekommen.
Uncle Ryan und auch Ronan wollten die Sache keinesfalls auf sich beruhen lassen.
"I'm not someone who always wants to blame the travellers as soon as something happens", sagte Ryan mit Nachdruck, "but this was a **crime** and we have to tell the police."
"That's ridiculous", warf Ciara wütend ein. "He's a nine-year-old boy. All he wanted was his own dog."
"But he stole it", widersprach Ronan. "They need to learn what's right and what's wrong."
"They!", rief Ciara und betonte das Wort extra. "I'm sure *they* know what's right and what's wrong. And I am sure Finn knows it as well. Anyway, he didn't steal Golden Racer; he said he found him."
"Ha", gab Ronan spöttisch zurück. "He 'found' him." Er markierte die Gänsefüßchen in der Luft. "He **must have known** that the dog was worth a lot of money."

---

crime Verbrechen
must have known muss gewusst haben

"No, he didn't", widersprach Ciara. "You would have known because you **grew up** with greyhounds, but Finn has probably never seen one before. He just saw a lovely dog."

"Someone must have known how valuable Golden Racer was", sagte Ryan ruhig.

Alle wandten sich ihm zu.

"What do you mean?", wollte Ciara wissen.

"Someone **sent** the blackmail letter", sagte Ryan.

Für einige Sekunden herrschte Schweigen in der Küche, in das Sean hineinplatzte.

"The dog's **in** really **good shape**", sagte er mit deutlicher Erleichterung in der Stimme.

Britta zupfte Ciara am Ärmel und flüsterte ihr zu: "Do you think we should tell them?"

"Will they believe us?", flüsterte Ciara zurück.

Britta zuckte die Achseln. "I don't know."

"Let's try", meinte Ciara schließlich. Sie versuchte mehrmals, sich Gehör zu verschaffen, und hatte endlich auch Erfolg.

"Britta wants to tell you something", verkündete sie in die Runde. Sie warf Britta einen aufmunternden Blick zu. Die hatte allerdings damit gerechnet, dass Ciara ihren Verdacht zur Sprache bringen würde,

---

grew up aufgewachsen bist
sent hat geschickt
in good shape in guter Verfassung

und wurde rot, als alle Augen sich nun ihr zuwandten. Sie räusperte sich.

"It's just a **suspicion** but I thought you should know", begann sie. Sie sah sich Hilfe suchend nach Ciara um, die ihr jedoch nur wieder zunickte.

"Okay", fuhr Britta fort und atmete tief durch. Schließlich verdächtigte man nicht alle Tage einen Geschäftspartner und wohl auch Freund der Familie der Erpressung.

"Okay", wiederholte Britta. "You know that the blackmail letter smelled of perfume and after a while I recognized it. I remembered someone who uses this perfume. Or rather: aftershave."

Sie hatte nun die ungeteilte Aufmerksamkeit aller. Britta schluckte. Es war nicht nur verdammt schwer, einen womöglich Unschuldigen zu verdächtigen, sondern das Ganze auch noch auf Englisch zu erklären. Und Ciara dachte offensichtlich nicht daran, ihr zu helfen. Schöne Freundin! Britta beschloss, es kurz und schmerzlos zu machen.

"It's Luke", sagte sie leise und fuhr dann etwas lauter fort: "**Don't get me wrong**. I just remembered that he smelled the same. I'm sure there are other men who use the same aftershave."

Das Schweigen, das eintrat, war beinahe erdrückend.

---

suspicion Verdacht
Don't get me wrong. Versteht mich nicht falsch.

Britta erwartete, dass jede Sekunde ein Donnerwetter über sie hereinbrechen würde. Aber erstaunlicherweise war es Sean, der ruhig sagte: "**You may be right**."

Alle Augen wandten sich mit einem Schlag ihm zu.

"What?", sagte Emma, während Ronan empört "You can't really believe that!" rief.

Sean wartete einfach ab, bis sich die Aufregung legte, und sagte dann: "Britta may be right." Er legte eine Hand auf ihre Schulter. "I know that Luke is broke and he needs money **urgently**. I've suspected for quite a while that he's been taking money from the business. That's why it's so important that Golden Racer runs in the next big race. He might make it possible for me to **fire** Luke."

Diese Wendung kam für die ganze Familie offensichtlich völlig überraschend, denn alle saßen mit ungläubigem Blick und offenem Mund da und starrten Sean an.

"You never said anything about it", sagte Emma schließlich vorwurfsvoll.

Sean zuckte die Achseln. "I had no **proof** and I

You may be right. Vielleicht hast du recht.
urgently dringend
fire feuern
proof Beweis

didn't want to start any gossip. Luke's a **gambler**, and he's lost a lot of money **recently**."
"How much?", wollte Ryan wissen.
"I'd say ten to fifteen thousand euros", erwiderte Sean ruhig. "**About** the **sum** he **demanded** in the blackmail letter."
Schweigen erfüllte die Küche.
"What shall we do now?", fragte Emma schließlich in die Runde.
"You have to go to the police", sagte Ciara.
"Wouldn't make much sense", widersprach Sean. "There's no proof that he wrote the letter."
"His fingerprints must be on the paper."
"Yes, they are", bekräftigte Ronan. "I showed him the letter this morning."
"How could you?", schimpfte sein Vater ihn.
"How was I supposed to know?", verteidigte Ronan sich. "Nobody told me he was a suspect."
"He's right", kam Sean ihm zu Hilfe. "Maybe I should have told you, but I couldn't quite believe it. I always hoped it was just my **imagination**." Er stand auf. "I'll talk to him. Of course, he might

---

gambler Glücksspieler(in)
recently in letzter Zeit
about ungefähr
sum Summe
demanded verlangt hat
imagination Einbildung

deny everything, but there's no other way to find out." Er wandte sich an Britta und Ciara. "Thanks for your help. I'm afraid I can't offer you a **reward**, but I hope you know how **grateful** I am."
"That's okay", sagte Britta. "But maybe you can offer us something else. I'd like to see Golden Racer run. Do you think that would be possible?"
Sean lachte. "That's easy. I'll let him run next week. He wasn't supposed to run in this race but I need to **test** him. You're more than welcome to come and watch. You'll see – it's amazing." Er reichte Britta die Hand. "**It's a deal**."
Aber Britta war noch nicht ganz zufrieden.

"Can I bring someone with me?", fragte sie.
Sean schaute sie überrascht an und meinte dann: "Of course, bring whoever you want. I guess it's Ciara."
Britta schüttelte den Kopf, was ihr einen erstaunten Blick der Freundin einbrachte.
"Oh, you can come, too, of course", sagte sie zu ihr, was diese mit einem spöttischen "Thanks a lot" quittierte. "No, I was thinking of Finn. I'm sure he'd like to see Golden Racer run, too."

---

deny abstreiten
reward Belohnung
grateful dankbar
test testen
It's a deal. Abgemacht.

Ende gut, alles gut

Ciara hatte sich schließlich durchgesetzt. Die gesamte Familie fuhr zu den Roma, um Finn wohlbehalten abzuliefern.
"Let me **do the talking**", sagte Ryan warnend zu Ciara.
"Okay", erwiderte sie, aber Britta wusste, dass sie sich sofort einmischen würde, wenn etwas nicht so lief, wie sie es sich vorstellten. Sie hatten noch einmal darüber debattiert und beschlossen, dass die ganze Angelegenheit ein gutes Ende nehmen musste.
Britta war froh, als sie Sam sah. Das würde die Sache erleichtern.
Während die Erwachsenen sich Sam vorstellten, gingen Ciara und Britta zusammen mit Finn auf die Suche nach seiner Schwester. Sie fanden sie hinter den Wohnwagen, wo sie Wäsche aufhängte.
"Maeve", rief Britta leise.
Das Mädchen drehte sich um. Ein Lächeln huschte über ihr Gesicht, als sie Britta erkannte. Britta schob Finn vor und sagte: "Here's someone who wants to see you."
"Finn!", rief Maeve und umarmte ihren Bruder. Ciara und Britta sahen mit gemischten Gefühlen zu. Die große Herausforderung lag ja noch vor ihnen.

---

do the talking das Reden übernehmen

"Where did you find him? Oh, thank you so much! How are you?", plapperte Maeve wirr durcheinander. Immer wieder wuschelte sie ihrem kleinen Bruder durch die Haare, was dem allmählich peinlich wurde. Energisch wand er sich los.

"We need to talk to your grandmother", sagte Ciara.

Maeve schaute sie erstaunt an. "Why?", wollte sie wissen. Sie warf Finn einen fragenden Blick zu. "What did he do?"

"Well", begann Ciara. "I think you know he'd like to have his own dog."

Maeve nickte. "Granny always gets mad about it."

"That's why he ran away", erklärte Ciara. "He found a dog and he liked him but he knew he couldn't keep him, so he ran away."

Maeve starrte abwechselnd ihren Bruder und Ciara ungläubig an. Dann sagte sie zu Finn: "You know you're not allowed to have your own dog."

Bevor Finn aufbrausen konnte, sagte Britta: "Why not? I mean, you already have some dogs here. It wouldn't make much difference."

"Granny would never allow it", sagte Maeve bestimmt. "She hates dogs."

"But she **accepts** the other dogs here", widersprach Britta und beschrieb mit ihrem Arm einen Kreis, der das Lager umfasste.

---

accepts akzeptiert

"Well, she has to, doesn't she?", sagte Maeve. "And those dogs don't sleep in our caravan."
"Is that the problem?", mischte Ciara sich ein. "She doesn't want a dog coming inside the caravan?"
Maeve zuckte die Achseln. "I don't know." Sie starrte Finn an, sagte dann: "I guess so."
"**In that case**, I have an idea", sagte Ciara. Alle schauten sie erwartungsvoll an. "Sean, my uncle who owns the dog Finn found, can give him a puppy. Finn would have to take care of it and **train** it. Dogs need a good **education**, too", sagte sie und grinste. "I know it'll be very hard for Finn and the dog, but he can be trained to stay outside the caravan."
Während Britta und Maeve die Idee hervorragend fanden, war klar, dass Finn sich dafür nicht sonderlich begeistern konnte.
"It's your **choice**", sagte Maeve zu ihm. "It's either a dog that stays outside or no dog at all." Leise fügte sie hinzu: "Of course, we'd have to talk to Granny first."
"What's going on here?", erklang da eine Stimme hinter ihnen. Sie drehten sich um – und standen Kate gegenüber. Na toll.
"Hi, Granny", sagte Maeve. "Finn's back."

---

in that case in dem Fall
train trainieren
education Erziehung
choice Wahl

"I can see that", sagte Kate barsch. "**How dare you** run away?", fauchte sie Finn an, der sich hinter seiner Schwester versteckte.
"This is all your fault", zischte Ciara wütend. "He's just nine years old and he needs to have some fun."
Britta schaute ihre Freundin erstaunt an. Wo war ihre Angst vor der alten Frau geblieben?
Noch erstaunter war Britta jedoch über Kates Reaktion: Sie lächelte. Was war das denn jetzt plötzlich?
"I know how old he is", sagte Kate zu Ciara, jetzt ganz ruhig. "I **brought him up**, after all." Sie zog Finn zu sich heran und strich ihm über den Kopf. "It's not easy for an old woman like me, bringing up two small children."
"Oh … I'm sorry", stammelte Ciara.
"Ah, it's all right", meinte Kate. "Maybe it *was* my fault. Maybe I was too **strict** with Finn. I'm **glad** he's back. Thank you for bringing him home."
Britta wollte die Gunst der Stunde nutzen und sagte: "We want to ask you something."
Sie bat Ciara, Kate zu erklären, was sie zuvor schon Maeve mitgeteilt hatten. Die alte Frau hörte sich alles

---

how dare you wie kannst du es wagen
brought him up habe ihn großgezogen
strict streng
glad froh

an und sagte dann: "Well, it does sound **reasonable**. But I'll have to think about it."
Britta war zuversichtlich, dass sie dem Vorschlag zustimmen würde. Sie schien plötzlich ein anderer Mensch zu sein. Gar nicht mehr so bärbeißig. Womöglich hatte sie sich mehr Sorgen um ihren Enkelsohn gemacht, als sie zugeben wollte.
"There's something else, too", sagte Britta. "We're going to a greyhound race next week and I'd like to invite Finn." Sie lächelte den Jungen an. "You can come, too, of course", fügte sie schnell hinzu, als sie Maeves Miene sah.
Kate lächelte ihr zahnloses Lächeln. "Well, thank you, that's very kind of you", sagte sie.
Mittlerweile waren auch die Erwachsenen gekommen und eine große Vorstellungsrunde begann. Von all den Vorurteilen, die beide Gruppen gegenseitig hatten, war nichts mehr zu spüren.
Ist ja wieder mal typisch, dachte Britta zufrieden. Man muss sie nur zwingen, miteinander zu reden, dann kapieren es auch die Erwachsenen.

Am nächsten Morgen saßen alle in der Küche und redeten über die Roma und deren unstetes Leben. Uncle Ryan lud alle für den Abend ins Bricín ein. Der glückliche Ausgang musste gefeiert werden.

---

reasonable annehmbar

Als das Telefon klingelte, nahm Emma ab und sagte: "Hi, Sean." Die Gespräche verstummten augenblicklich und alle sahen sie an. "I see", sagte Emma in den Hörer und: "That's really awful. But at least now you know for sure." Sie legte auf und nahm wieder an dem riesigen Tisch Platz.

"Come on", drängte Ronan sie. "**Don't keep us on tenterhooks.**"

Emma schüttelte traurig den Kopf.

"It's a real shame", sagte sie. "Sean talked to Luke and asked him about the letter. He **admitted** everything." Sie schüttelte traurig den Kopf. "And **what's more**, it

---

Don't keep us on tenterhooks. Spann uns nicht auf die Folter.
admitted hat zugegeben
what's more noch dazu

was his fault that the dog ran away. He left the kennel open **by mistake**, and when he realized the dog had gone he made it look like a break-in. So Finn was telling the truth when he said he found Golden Racer – he really didn't steal him."

Sofort entstand ein Tumult und alle redeten wild durcheinander.

"Luke! It's unbelievable!", rief Uncle Ryan. "I didn't really like him, but I did trust him."

"What will happen to him?", wollte Ronan wissen.

"Nothing", erwiderte seine Mutter. "I guess Sean is happy to **get rid of** him so easily. He told him to leave and never come back."

Sie diskutierten noch eine Weile darüber, einigten sich aber am Ende darauf, dass es Seans Angelegenheit war.

Am Abend wurde das Thema Luke ausgeklammert. Sie saßen an einem großen Tisch im Bricín und stießen auf Ciara und Britta an, die Golden Racer und dazu noch den Ausreißer Finn gefunden hatten.

Und Britta freute sich darüber, dass sie ihre Angst vor Pferden überwunden hatte. Jetzt konnten sie die restliche Zeit in Irland mit Ciaras Lieblingsbeschäftigung verbringen.

---

by mistake aus Versehen
get rid of loswerden